A MAÇÃ ENVENENADA

MICHEL LAUB

A maçã envenenada

Este livro foi selecionado pelo programa Petrobras Cultural

COMPANHIA DAS LETRAS

Grafia atualizada segundo o Acordo Ortográfico da Língua Portuguesa de 1990, que entrou em vigor no Brasil em 2009.

Capa
Elisa v. Randow

Foto de capa
Endfest, Kitsap, WA. 1991/ Charles Peterson

Preparação
Márcia Copola

Revisão
Márcia Moura
Ana Maria Barbosa

Alguns personagens e fatos deste livro são baseados em personagens e fatos reais, mas possuem autonomia ficcional e não emitem opinião sobre nenhuma situação concreta. Alguns fatos, falas, citações e acontecimentos históricos foram alterados no todo ou em parte.

Dados Internacionais de Catalogação na Publicação (CIP)
(Câmara Brasileira do Livro, SP, Brasil)

Laub, Michel
A maçã envenenada / Michel Laub. — 1ª ed. — São Paulo : Companhia das Letras, 2013.

ISBN 978-85-359-2311-7

1. Romance brasileiro I. Título.

13-07704 CDD-869.93

Índice para catálogo sistemático:
1. Romances : Literatura brasileira 869.93

[2013]

EDITORA SCHWARCZ S.A.
Rua Bandeira Paulista, 702, cj. 32
04532-002 — São Paulo — SP
Telefone: (11) 3707-3500
Fax: (11) 3707-3501
www.companhiadasletras.com.br
www.blogdacompanhia.com.br

QUE SORTE TER ENCONTRADO VOCÊ

1.

Um suicídio muda tudo o que seu autor disse, cantou ou escreveu. Para milhões de fãs do Nirvana, banda que o levou a ser chamado de porta-voz de uma geração, Kurt Cobain não é a infância em Aberdeen, o início da carreira em Seattle, o estrelato precoce que acabaria mudando a história da música com o disco *Nevermind*, nem o álcool e as drogas e a espiral de desespero acompanhada reiteradamente pela mídia, incluindo o casamento tumultuado com a cantora Courtney Love e o nascimento de sua única filha, Frances Bean. Ou é isso tudo, mas apenas como conjunto de sintomas, um espelho que aponta por meio de letras e versões desencontradas para uma cena nunca esclarecida, Lake Washington, abril de 1994, horas ou dias antes de um eletricista descobrir seu corpo com um tiro de espingarda na cabeça.

2.

Para mim, Kurt Cobain sempre será o homem que subiu ao palco do Morumbi, em 1993, para o que mais tarde chamaria de pior show da carreira do Nirvana. Na época eu morava em Porto Alegre, tinha dezoito anos e estava no quartel: a primeira guarda, as primeiras recomendações do pernoite, eu de pé numa quinta-feira em frente a um sargento gordo que falava dos cuidados com o fuzil. Ele não conseguia dizer a palavra *senha*, dizia *sanha*, e qual é o procedimento correto? Ele mesmo respondia: alto lá e pedir a *sanha*.

Eu estava no Centro de Preparação de Oficiais da Reserva, o CPOR, o quartel dos universitários que escaparam de limpar estrume numa unidade de cavalaria ou apanhar de sabonete na Polícia do Exército. Não fazia muita diferença: eu também me submetia às ordens do sargento gordo, e não importava que fosse chamado de aluno em vez de soldado, tivesse aulas de sociologia com um major do *Guerra na Selva*, assistisse a palestras sobre doenças venéreas e orçamento da União. Não importava a ditadura de 1964 a 1985, nem o impeachment de Collor em 1992, nem que a vida militar brasileira não despertasse mais o interesse de ninguém, menos ainda de quem morava com os pais e tinha uma guitarra e fazia parte de uma banda como eu, porque todas as manhãs era preciso estar de uniforme às sete, corneta, balde e vassoura, e o nome técnico para a retirada da hera da quadra de basquete é *cri-cri*.

3.

Acabei no CPOR porque um major amigo da família disse que meu nome estaria numa lista de dispensas do quartel de triagem. Mas ao chegar lá um cabo perguntou endereço, data de nascimento e se eu fazia faculdade. Direito. Onde? Na Federal. Eu tinha acabado o segundo semestre e fazia estágio num escritório de advocacia não muito longe dali, para onde pretendia ir depois de pegar o certificado de dispensa e fazer hora num café do mercado público. Já estava até planejado, eu já sabia até a fita que ouviria no walkman para comemorar, mas o cabo procurou o nome na lista e riu e deu a resposta que todo cabo sonha dar para um estudante de camisa social e pasta de couro e fone no pescoço: então vai trancar a matrícula.

A fita era uma gravação de *Nevermind*. Nos últimos vinte anos é possível que eu tenha ouvido esse disco centenas, talvez milhares de vezes, e é como se em todas elas pudesse evocar 1993: a saída do quartel de triagem, a umidade e a sujeira do verão em Porto Alegre, o barulho dos ônibus e uma grávida que carregava um saco de lixo e era seguida por uma fila de cachorros enquanto eu olhava para o documento informando que a partir dali eu estaria sob jurisdição do Regulamento Disciplinar do Exército. Meu pelotão era o sexto, comandado pelo tenente Pires. Eram cinco colunas de seis, os mais altos à testa, os do fundo cobertos e alinhados tendo como referência a nuca do companheiro da frente. Trinta alunos, e com nenhum deles mantive contato. De nenhum eu tenho uma fotografia. Eu não sei se algum ainda vive em Porto Alegre, se teve filhos, se está vivo. Eu talvez não lembrasse de nada que aconteceu com eles além do folclore militar comum, o pelotão aprendendo a marchar, a fazer os movimentos com arma, a cantar no ritmo do passo direito enquanto a companhia desfila para o palco dos oficiais, não fosse uma história que começa com a vinda de Kurt Cobain para São Paulo.

4.

Na verdade, é uma história que começa antes, na noite em que conheci Valéria. Eu estava num bar da Independência, um lugar com escada de lata e paredes de suor condensado. Ela tinha a minha idade, a mãe morreu quando ela tinha quatro anos, o pai pagava para ela o aluguel de um quarto e sala a dois quarteirões dali, mas isso eu fiquei sabendo depois porque a primeira conversa foi objetiva: me disseram que você tem uma banda e está procurando uma cantora, alguém que suba lá e mande todo mundo se foder.

Eu olhei para ela: tatuagens antes de isso estar tão na moda, ela viu o meu copo e falei, gosta de vodca ruim? Sou masoquista, ela respondeu. Eu perguntei de quantas bandas ela tinha participado. Ela perguntou que tipo de música eu ouvia. Eu pedi outra dose, ela falou é nosso primeiro drinque juntos, aproveite porque pode ser o ápice, daqui para a frente é um caminho sem volta, e fui reparando na boca e nos cabelos e na maneira como ela mexia os ombros e os quadris e quando me dei conta ela estava encostada em mim.

No apartamento de Valéria havia uma estante com fitas cassete, nomes de bandas desenhados em esferográfica, variações de caracteres quadrados e fontes com sombra e símbolos góticos e pontas imitando raios. Também havia um gato e um pôster de Kurt Cobain. A sala era um sofá puído e uma geladeira reformada que servia para guardar livros. Tenho gosto de velha para decoração, ela falou. Você gosta de coisa velha? Já trepou com uma pessoa mais velha? Eu tenho a sua idade, mas décadas a mais que você.

Como todo mundo nos anos 1990, Valéria cantava gritando. A banda também não era muito original, arranjos que alternavam leveza e peso, melodia e distorção, bases magras de baixo e bateria e a guitarra estourando com as três cordas graves nos refrões. Se você pegar os elementos básicos de *Nevermind*, os acordes maiores, os dedilhados e trivelas, as modulações de batidas e pausas e vocais reiterando as marteladas, tem todos os recursos das músicas que tocamos naqueles primeiros ensaios. Só que Valéria tinha uma certa doçura, mesmo que limitada à performance ao microfone, e já na primeira vez que a ouvi me dei conta de que isso faria diferença.

Entre a noite no bar da Independência e a vinda do Nirvana a São Paulo foram onze meses. Comparar o dia anterior ao primeiro encontro com Valéria e o posterior ao show é como falar de tempos diversos, mundos contrários entre si. De Valéria eu também não guardei fotos, nem uma peça de roupa, nem uma fita com alguma música da banda, mas é como se ela continuasse com dezoito anos num presente eterno, e cada vez que vejo os vídeos do Morumbi eu sei que ela está lá, nas trevas entre as primeiras filas, logo adiante de onde filmaram a entrada de Kurt Cobain em meio à luz azul.

5.

O Nirvana era a principal atração do Hollywood Rock, fechando a noite de sábado depois de apresentações de Dr. Sin, Engenheiros do Hawaii e L7. Kurt Cobain se hospedou com Courtney Love no Maksoud. Há uma reportagem em que João Gordo relata como foi a noite em que acompanhou o casal. Courtney Love teve uma crise de ciúmes e deu trezentos dólares para um travesti na Amaral Gurgel. Kurt Cobain ofereceu uma ampola quando a namorada de João Gordo se queixou de dor de estômago. A ampola foi guardada como troféu, o repórter mandou-a para um laboratório e descobriu se tratar de um remédio para dependência de heroína.

Durante o show Kurt Cobain gritou, chorou, gemeu, reclamou, interrompeu vários inícios de música, cuspiu e esfregou a calça nas câmeras. Também furou um amplificador com o braço da guitarra e caiu no palco. No final, saiu engatinhando. Um crítico definiu a apresentação como *longa, abusada e displicente*. E considerou o momento mais representativo do festival a cena em que o cantor, *entre o desespero e a maldição*, destruiu todos os instrumentos *quase delicadamente, sob o silêncio da plateia e das estrelas*.

6.

Na semana do Hollywood Rock, ninguém no CPOR falou sobre Kurt Cobain. O assunto era a noite de quinta, a primeira que passaríamos num esquema de guarda em três horários, quatro horas de descanso para cada duas cuidando dos postos: portão, reforço, morro, lateral e paiol. O homem do paiol cobre uma área grande de mato cheio de capivaras, e o sargento gordo falou sobre isso na preleção: não vão atirar por qualquer barulho, o bichinho não tem culpa de andar por aí sem saber a *sanha*.

Durante o ano um aluno do CPOR aprende a atirar com Fuzil Automático Leve, o FAL, e com pistola 9 milímetros. Nas instruções se treinam fundamentos, precisão e normas de segurança. Os fundamentos são a maneira como se posiciona o corpo, o encaixe no ombro, a leveza do dedo no gatilho até que se sinta o coice da arma como um susto. A precisão é relativa à alça de mira, e uma boa sessão significa que as marcas de projéteis estejam próximas umas das outras mais que do centro do alvo. As normas de segurança incluem o carregamento, a tranca, as autorizações e o protocolo em caso de falha na arma ou companheiro atingido.

Quem dava as instruções de tiro era o tenente Pires. Nos exercícios de campo, o comando das patrulhas era sempre de um oficial. Um sargento gordo no máximo passa o dia numa escrivaninha do material bélico. No máximo faz barganhas com alunos que esqueceram de devolver os cartuchos, uma anotação a menos no caderno de faltas em troca de um saco de erva-mate e um quindim. Na sala dele há um calendário, um rolo de durex, uma cuia com o distintivo do Grêmio feito no pirógrafo, mas na noite da primeira guarda tudo se transforma: a preleção é feita em tom de autoridade, por um vulto que caminha com as mãos para trás como se estivesse num interrogatório. Não quero alteração hoje, o sargento disse. Não saí de casa para lidar com mocorongo. Aluno safo é aluno moita. Não me obriguem a cagar a vida de ninguém.

7.

Alguém já disse que a justiça militar está para a justiça como a música militar está para a música. A vida de quem está no quartel é ser punido: não há quem não tenha pagado pelos colegas, um pelotão inteiro que é posto para carregar pedra porque um aluno está com a calça sem vinco, uma companhia inteira que faz duzentos abdominais no barro porque alguém não tomou vacina. Quando se está de guarda isso é ainda mais fácil de acontecer, qualquer anotação é registrada no Boletim Interno, então a primeira sorte que se pode ter é em relação aos companheiros de serviço.

Um dos meus companheiros aquela noite se chamava Diogo. Era o que mais falava no banco da guarita. Ele passou o turno explicando como falsificar uma carteira de estudante, como dar um soco sem machucar o pulso, como abrir um carro usando um prego e um barbante e não dá nada porque PM é tudo putão, mas depois que ouvimos a preleção do sargento Diogo não contou mais nenhuma história. Eu não ouvi mais nenhuma palavra dele. Nós fomos dispersos pelo adjunto, pegamos as canecas e fomos para a ceia, ele ficou na mesa ao lado e passamos a refeição evitando olhar um para o outro. Acabamos por volta de nove e meia, voltamos para o alojamento, então o cabo da guarda comandou a coluna que rendeu o turno das dez.

O primeiro horário é razoável comparado com os demais. Dá para dormir três horas seguidas durante a noite. Mais que no segundo, que monta sentinela das duas às quatro e às cinco está de pé para a faxina, e o terceiro, que pega o auge do frio e da neblina no inverno. Durante a guarda os alunos ouvem música, bebem, dormem abraçados ao fuzil, e uma vez um cavalariano foi pego com um exemplar da revista de fotos *Sodomia*, mas naquela primeira noite eu passei o turno tentando me concentrar, pensando no que poderia e deveria fazer nos dias seguintes.

Uma das alternativas era sair do quartel na sexta, pegar um avião no sábado de manhã e chegar a Guarulhos na hora do almoço. Eu teria de atravessar a cidade até o Morumbi, mas isso não era problema. Eu teria que deixar a mochila em algum lugar, mas isso também se resolve. Eu teria de encontrar Valéria em meio à multidão, noventa mil pessoas de camisa de flanela e o cavanhaque de Kurt Cobain, mas até isso eu daria um jeito de fazer. O problema é que antes, por causa de Diogo e do sargento gordo, e era esta a dúvida que eu tinha no paiol, o mais provável é que eu estivesse preso.

8.

Ou então a história começa em outro lugar, numa rua de terra onde há galinhas, vacas, um caminhão-pipa, barracas de doces. Aos poucos a paisagem muda, à direita da estrada dá para ver plantações, íbis e garçotas, hipopótamos e revoadas de pássaros e antílopes e porcos selvagens até que surge a imensidão do pântano — o lodo em meio à cerração, as horas com os joelhos embaixo d'água e as caminhadas à noite para encontrar comida, os primeiros raios de sol e homens ao longe bebendo e rindo e cortando os galhos como se corta qualquer coisa com um facão.

9.

Em abril de 1994, a estudante de engenharia Immaculée Ilibagiza jantou com a família em Mataba, Ruanda. Estavam à mesa o pai, a mãe, o irmão e um amigo que tinha chegado para os feriados de Páscoa. A mãe falou da colheita, o pai sobre um programa de bolsas da cooperativa cafeeira, e os assuntos seguiram nessa linha até o irmão contar que tinha cruzado com hútus carregando armas e granadas. A família de Immaculée era tútsi, etnia que esteve no poder durante o período colonial e foi substituída pela maioria hútu a partir da independência, nos anos 1960.

O irmão de Immaculée ouviu boatos sobre uma lista de execuções com o nome das famílias tútsis da área. Não era uma novidade em Ruanda: houve ataques étnicos esparsos nas três décadas de domínio hútu. As rádios do governo comparavam os tútsis a baratas. Uma canção nas escolas defendia que elas fossem pisoteadas. Mesmo assim o pai rejeitou a proposta do irmão de Immaculée: arrumar um barco, atravessar o lago Kivu e escapar com a família para o Zaire ainda naquela noite.

Hoje Immaculée é escritora e percorre o mundo dando palestras. Recentemente ela esteve em São Paulo. Foi uma promoção da sua editora, houve um café com jornalistas na PUC, uma sessão de fotos e uma palestra sobre o que aconteceu depois do jantar em Mataba: ela ajudando a mãe a lavar louça, recolhendo-se ao quarto e rezando diante de um pequeno altar que montou com a imagem de Cristo e da Virgem Maria. De madrugada o irmão a acordou com a notícia de que o avião do presidente hútu havia sido derrubado. Immaculée pulou da cama, vestiu uma calça, ela nunca havia trocado de roupa na frente do irmão. Ao abrir a janela, viu o que pareceu um halo amarelado sobre o vilarejo.

10.

O pai e a mãe de Immaculée já estavam no pátio. A BBC leu os nomes dos primeiros mortos. Um deles era um tio que morava em Kigali. Houve um atentado à primeira-ministra. As linhas telefônicas foram cortadas, as estradas estavam bloqueadas, e assim que houve uma chance o pai mandou Immaculée para a casa de um pastor hútu que concordou em escondê-la.

A morte do presidente desencadeou uma guerra civil que em três meses matou oitocentos mil tútsis, quase vinte por cento da população de Ruanda, a maioria a facão por hútus que tinham sido seus vizinhos, professores e colegas de trabalho. Estrangeiros fugiram do país nos primeiros dias. A ONU retirou suas forças de segurança logo depois. Houve estupros em massa, decapitações, corpos apodreceram a céu aberto antes de serem comidos por animais.

Immaculée passou esses noventa dias num banheiro com pouco mais de um metro quadrado, sem pia, na companhia de outras sete mulheres. A mais velha tinha cinquenta e cinco anos. A mais nova, sete. Qualquer ruído poderia denunciá-las, a comunicação era feita por sinais, a descarga só podia ser dada quando alguém fizesse o mesmo num banheiro ao lado. O pastor, cujo filho odiava tútsis, aparecia uma vez a cada dois dias com sobras de comida e restos apanhados do lixo. Immaculée entrou no banheiro com cinquenta e dois quilos e saiu com vinte e nove. Toda a sua família, com exceção de um irmão que estudava no Senegal, foi assassinada nesse intervalo.

11.

A guerra em Ruanda iniciou um dia depois da data oficial da morte de Kurt Cobain. Nessa época eu morava em Londres. Meu trabalho era fazer sanduíches numa lanchonete: eu enchia uma cesta com eles, completava com refrigerantes e salgados, bolos e chocolates, para vender nos escritórios de Covent Garden. Eu não via TV, não comprava jornais, metade das revistas nas bancas era escrita em alfabeto árabe ou estava dentro de sacos plásticos. O dinheiro que sobrava do aluguel, transporte, comida e demais despesas eu gastava em publicações sobre música.

De Ruanda eu fiquei sabendo dias, talvez semanas depois, e mesmo assim superficialmente, enquanto de Kurt Cobain eu li tudo: repórteres, editores, músicos, críticos e fãs em ensaios, depoimentos, entrevistas, perfis. Todo mundo tinha algo a dizer sobre o início em Seattle, a estreia com *Bleach* e como *Nevermind* abriu espaço nas FMs para uma estética que representava a chegada tardia do punk ao mainstream. Todo mundo tinha algo a dizer sobre a cena independente, as gravadoras, as rádios universitárias, o clipe de *Smells like teen spirit* que mudou a MTV. Todo mundo tinha um veredito sobre Kurt Cobain, uma tese sobre como ele incorporou o espírito de uma época esmagada pelo fim das utopias, sobre como uma geração pouco educada devolvia a raiva ao emergir no fim dos anos Reagan, sobre o que era ser jovem numa América tomada por corporações, individualismo e falta de perspectivas, e como isso estava ligado à via-crúcis pessoal do cantor — sua ojeriza à fama e ao dinheiro, sua relação conturbada com Courtney Love, os boatos sobre divórcio e o fim iminente da banda, a heroína e o isolamento que culminou no fim daquele que definiria a si próprio como *triste, pequeno, sensível, pisciano homem de Jesus*.

12.

Eu quase não ouvi Nirvana em Londres, com exceção de trechos de músicas que começaram a tocar na rádio e nas lojas de discos um minuto depois que anunciaram a morte de Kurt Cobain. A notícia foi dada em primeira mão por uma emissora de Seattle, informada por um amigo do eletricista que achou o corpo e disse ter o *furo do século*. Um DJ entrevistado afirmou que o cantor *morreu como um covarde*. Nos dias seguintes ao enterro houve suicídios relacionados em Seattle, na Austrália e na Turquia. A Remington calibre .20 que deu o disparo final foi doada à a associação Mães Contra a Violência nos Estados Unidos.

Eu li essas matérias até onde consegui, e depois de uma ou duas semanas decidi não saber mais nada a respeito. Nenhum dos colegas da lanchonete fez mais que lamentar o ocorrido. Nenhum comentou o bilhete de despedida. Nenhum falou do enterro ou mencionou Courtney Love e Frances Bean, que estava então com um ano e sete meses. Londres em abril já tem os dias um pouco mais longos, os esquilos somem, o frio deixa de doer nas mãos e no ouvido, aos domingos dá para ir a Camden e passar a manhã na feira. Há discos e roupas usadas. Um pub tem o chão de serragem. Dá para caminhar no sol fraco até o Regent's Park, e depois do almoço é quase abstrato pensar numa operação prática de morte, a compra da arma, a escolha da peça da casa onde será dado o tiro, um tipo de cansaço que nada tinha a ver comigo descansando num banco de madeira e as pernas ocas antes de tomar água de uma torneira pública e voltar entre árvores e crianças inglesas de patins.

Meu primeiro impulso foi pensar que os motivos de Kurt Cobain pudessem ser mais prosaicos que tudo o que se escreveu. Que talvez fosse a dor de estômago, algo que o acompanhava desde sempre e ele definiu como o ato constante de engolir um cachorro vivo. Não só porque essa dor o fez usar opiáceos e acabar experimentando heroína, e uma coisa como que levou à outra, um médico que tinha fotos com os Rolling Stones no consultório, uma ida ao pronto-socorro por causa de um fiapo de algodão na seringa, as clínicas, o Valium, a metadona, as turnês arruinadas e a polícia e a overdose proposital em Roma um mês antes do tiro, com as pressões da imprensa o fazendo se sentir mais acuado em seu esgotamento, mas porque a morte de alguém que foi tão importante na sua vida precisa de uma explicação menos gratuita.

13.

Cheguei a Londres em janeiro de 1994, uma espécie de período sabático depois dos eventos de 1993. Até o fim do CPOR um aluno tira cerca de trinta serviços de guarda, noventa turnos de duas horas, cada minuto em que se pensa no que foi e poderia ter sido aquele ano, mas para mim o que ficaria marcado seria o primeiro: a conversa no banco da guarita, Diogo falando dos carros e dos postes onde um vizinho subia para roubar fio de cobre e uma vez ele tomou um atraque e pagou o policial com um cheque sem fundo. Ele disse que sabia lutar com chaco e estilete, que deu uma garrafada num bicuíra que quase perdeu o olho, um fim de semana em que se escondeu na rodoviária de Tramandaí para não ser morto pela Gangue do Tiro na Cara, e como só eu ria das histórias foi para mim que ele perguntou sobre maconha.

Corria a história de um soldado de 1989 que tinha sido pego mexendo na carteira de outro. Ele passou trinta dias dormindo no alojamento, e todas as manhãs era acordado às cinco, e às seis estava correndo, e às nove já tinha escalado o pórtico e feito uma série de duzentos e cinquenta *de pé um dois*, até que um dia ele não aguentou e apontou o fuzil para um cabo e de trinta dias a pena passou para dois anos numa canetada. Não sei se a história é verdadeira, se há flexibilidade nas sindicâncias de cada quartel e se faz diferença o CPOR ser uma instituição de ensino e teoricamente mais branda. O que sei é o que aconteceu comigo: o sargento gordo resolveu dar uma volta, passou pela rampa e pela trilha que dá na *carrière*, dois postes iluminando o pátio, as garagens e as baias, então virou à esquerda e retornou pela Engenharia e ouviu um barulho quando chegou perto da Intendência.

Um serviço são vinte e quatro horas em que você não toma banho, e lá fora a faculdade está trancada, e os paisanos riem de você, e todas as manhãs dá para sentir o hálito do tenente Pires conferindo sua barba com papel-manteiga, então há noites em que você percebe que no fundo não tem muito a perder. Numa noite dessas é natural aproveitar o intervalo entre a janta e a formatura do pernoite, o quartel deserto, antes das primeiras duas horas no escuro do paiol, para fumar um baseado com Diogo no beco do lado do vestiário: o bolso de uma mochila, o saco plástico e a seda, um isqueiro e um ponto vermelho e um pega de capim seco no silêncio que dura até ser interrompido por uma voz — *que cheiro é este, aluno?*

14.

Eu saí do beco um minuto antes do flagrante, talvez menos que isso, trinta segundos ou o suficiente para que não fosse visto. Eu só posso imaginar como foi pelo que o próprio Diogo contou, nós já agrupados para o pernoite, ele fingindo que não estava preocupado e falando baixo como se fizesse diferença: o sargento gordo aparecendo de supetão e ele dando um pulo e se engasgando com a fumaça ou de nervoso antes de conseguir dizer qualquer coisa.

As punições no quartel começam com uma nota no livro do oficial de dia. A alteração é informada ao tenente e publicada no Boletim Interno. Uma sindicância é aberta obedecendo ao rito normal ou sumário, uma sentença proferida depois da defesa ou de forma preventiva, na sexta-feira mesmo, onze horas e Diogo seria convocado à sala do tenente Pires para ouvir a versão oficial das palavras que o sargento disse na preleção de quinta, olhando para ele durante as recomendações do pernoite: aluno burro acaba aprendendo a *sanha* atrás das grades.

Eu hoje moro em São Paulo, e todo mundo da minha idade afirma que viu o Nirvana no Hollywood Rock, e lembra do que bebeu antes de entrar no estádio, em que ponto ficou na pista e a ordem das músicas e o que Kurt Cobain disse e fez em cada um dos intervalos, mesmo que na época a banda estivesse relativamente em baixa depois de brigas, shows cancelados, rumores sobre hospitais e programas de desintoxicação. Uma reportagem sobre Courtney Love dava a entender que ela usou heroína durante a gravidez. Kurt Cobain pensou em contratar alguém para matar a repórter. Alguns artigos diziam que o Nirvana tinha acabado em termos artísticos, o naufrágio tão comum sob os holofotes da indústria, o preço por gravar um disco de estreia independente e em seguida ultrapassar Michael Jackson na parada da Billboard, mas não era só por isso que na quinta-feira eu não sabia ainda se usava ou vendia meu ingresso.

A decisão de ir ou não a São Paulo começava pelo que Diogo iria fazer comigo. Se ele me entregasse, talvez eu fosse preso ainda na sexta. Eu poderia ser convocado para me apresentar no pernoite seguinte ou ser impedido de sair já no fim do expediente da manhã. Alguém ligaria para a minha casa. Minha mãe traria uma mochila com roupas para trinta dias. Um período em que eu dormiria numa cela, ou talvez no alojamento, e no máximo receberia visitas aos domingos, e eu tinha certeza de que Valéria não estaria entre elas.

15.

Ou então o cenário é outro. Uma cidade que não é a sua, mas parece tão familiar. Uma rua de calçadas largas. Um homem dançando sozinho. Um homem anunciando o fim do mundo. Você caminha até a entrada do prédio, há uma senhora na fila, a moça do caixa. Umas moedas de troco e o selo com o rosto de uma princesa de cento e quinze anos atrás. A correspondência que viaja pelo espaço e pelo tempo. Rumo a um endereço que você também conhece. E você sabe o que acontecerá quando a encomenda chegar ao destino.

16.

Fui o último a sair do avião na chegada a Londres. A cidade estava quase escura às três e meia da tarde, e a primeira visão do trem ao deixar o aeroporto foi a dos subúrbios, casas e casas iguais até a linha do horizonte. Eu havia me matriculado num curso de inglês para tentar ganhar um visto de estudante. Desisti na segunda semana e comecei a procurar emprego. Havia um agenciador num restaurante brasileiro de Notting Hill. Arrumei um bico como entregador de panfletos em Bethnal Green. Cada dia eu ia para um bairro, eram anúncios de tapetes, encanadores, lavagem a seco, e até arrumar o trabalho na lanchonete eu também cobria as folgas de um polonês numa batataria. Também fazia a faxina de uma casa de três andares em Islington, cinco libras mais um passe de ônibus e um prato de chili.

Passei meses vestindo o mesmo casaco, a mesma calça e as mesmas botas. Dividia um quarto de pensão com um espanhol. Usávamos o mesmo cartão de metrô porque ele trabalhava de madrugada e eu de dia: acordava por volta das seis, eram cerca de quarenta minutos para chegar à lanchonete. Queensway, baldeação em Holborn e um ponto até Covent Garden: eu abria a loja, tomava chá, preparava os sanduíches, dezenas deles e a medida exata dos recheios, bacon e abacate, frango com milho doce, camarão com ovo picado, depois atendia os clientes do café e saía com a cesta para vender nos escritórios. Eu trabalhava em torno de doze horas por dia. Ganhava três libras por hora, o que era o preço de um bagel com salmão e uma Sprite. O aluguel semanal era sessenta. Um ingresso de cinema, dependendo do lugar e do horário, custava quatro, seis ou oito.

17.

O dono da lanchonete devia para os fornecedores, para o dono do imóvel, para os funcionários. Meu crédito nunca baixava de duzentas libras. Eu anotava os pagamentos numa agenda, assim como números de telefone e comentários sobre a lanchonete, era uma espécie de diário que hoje me permite saber exatamente o que fiz no dia da morte de Kurt Cobain. Também o que fiz nas semanas seguintes. Também o que fiz no resto do tempo que passei na cidade: gírias que usei meia dúzia de vezes, lugares aonde fui meia dúzia de vezes, pessoas com quem falei meia dúzia de vezes e cujo nome eu esqueceria logo depois.

Na agenda eu não escrevi nada sobre o Brasil. Não havia internet, as ligações telefônicas eram caras, passei meses sem ler um jornal ou revista em português. Às vezes ligava a cobrar para os meus pais, mandei uma primeira e última carta logo ao chegar e fui duas ou três vezes ao restaurante do agenciador de empregos para comer feijão, couve e ambrosia. Nunca passei tanto tempo sozinho. Não havia ninguém que soubesse nada sobre mim em Londres. Era inevitável pensar que poderia mudar de endereço e de emprego e passar anos incógnito, e só voltariam a ouvir meu nome se eu morresse e encontrassem o passaporte e a embaixada localizasse a minha família. Não há frase na agenda sobre essa sensação quase absoluta, que às vezes me assustava porque é só estender a liberdade e de um instante para outro você não tem mais passado, nem sente falta de nada porque é como se nada tivesse acontecido, ou só as coisas que você escolheu, as lembranças boas e inofensivas, e nada do que você disse ou fez a uma pessoa tem consequência porque nunca mais precisará encontrá-la, nem pensar nela, nem imaginar e confrontar o que foi feito dela em outro tempo e outro continente numa vida que às vezes nem parece ter sido a sua.

18.

Eu tive poucos relacionamentos entre 1993 e hoje, ao menos os longos que acabam servindo de medida em relação aos outros. É como se a noite em que conheci Valéria fosse o parâmetro inaugural, e do acaso de eu chegar à casa dela e ver o pôster de Kurt Cobain e ela comentar que o maior sonho desde sempre era assistir a um show do Nirvana emanasse uma onda premonitória, que contaminou todas as conversas e brigas e reatamentos e separações que fui ter ao longo de duas décadas.

Valéria foi a primeira namorada que tive. Aos catorze anos pedi a um colega conhecido como Unha que perguntasse a uma colega chamada Sandra o que ela achava de mim. Estava tudo encaminhado para uma festa de aniversário, eu tinha pronto o que deveria dizer, cheguei a ensaiar em frente ao espelho as falas e a postura dos ombros, eu com uma jaqueta de brim e um tênis iate quadriculado, mas ao chegar encostei na parede e fiquei esperando o momento certo de convidá-la para dançar. Eu prometia que faria isso na próxima música, e bem nessa hora Sandra conversava com uma amiga. Vinha a música seguinte, e ela levantava para ir ao banheiro. O salão era num andar térreo com uma porta de vidro que dava para um jardim, as pessoas entravam e saíam e houve um momento em que Sandra e eu ficamos ali, um em cada canto, ela sem olhar diretamente e talvez esperando que eu tomasse a iniciativa até que Unha sentou ao lado dela.

Eu era colega de Unha desde o maternal. Não muito tempo antes da festa ele andava com a calça do abrigo pingada de cola e dizia, olha como sai leitinho. Numa aula de culinária, ele estava na equipe da sobremesa e disse que encheu um bolo com os próprios pentelhos. Unha contava que tinha se escondido no banheiro feminino e passado a manhã espiando pela fresta de um boxe, e pelo ângulo do espelho ele pôde conferir quem tinha a bunda caída, quem olhou para o peito de quem, e quando ele disse algo no ouvido de Sandra e ela começou a rir e ele falou outra coisa e ela riu de novo eu já sabia que em seguida o salão estaria vazio, os dois na pista, a música alta e as luzes do globo e o rosto dela na altura do peito dele e quando vi os dois estavam de nariz colado.

19.

Eu conheci Valéria aos dezoito anos, e desde a dança de Unha e Sandra houve poucas chances de fazer mais que beber e cheirar benzina em todas as festas de todos os clubes de Porto Alegre onde eu acabava dormindo num banheiro molhado, ou gritando sozinho para a caixa de som, e alguém sempre bota você num táxi e dá o endereço e o motorista resmunga só não vai me emporcalhar o banco porque lavei esta naba hoje. Se eu não tocasse violão desde criança, e mais tarde comprasse uma guitarra, um pedal de eco e outro de distorção, e passasse tanto tempo imitando cada acorde e tonalidade de cada show pirata e lado B e gravação rara que conseguia de um vendedor apelidado de Cara das Fitas, é bem possível que estivesse fazendo isso até hoje.

A primeira banda que tive foi aos doze. A bateria era um tarol, um prato e um tupperware que Unha usava como surdo. O primeiro show que fizemos também foi num aniversário, cinco músicas cujas letras atacavam a diretora da escola e o descontrole da inflação no Brasil. A banda acabou mais ou menos na época da dança com Sandra, mais ou menos por esse motivo, embora eu nunca tenha conversado com Unha a respeito e ele nunca mais tenha pegado na mão de Sandra como naquela noite, os dois saindo do salão de festas em direção ao jardim, eu encostado na parede por mais quanto tempo, cinco minutos, dez, até poder ir embora sem dizer tchau e ninguém perguntar nada ou ficar sabendo da história.

Essa festa aconteceu em novembro. As aulas terminavam em dezembro. A minha família tinha casa na praia, e eu só via os colegas de novo em março. Naquele ano o surfe entrou na moda, e quando as aulas recomeçaram estavam todos com o cabelo de parafina, o corte de cogumelo, as camisas com estampa de gaivota e as carteiras de borracha e os chaveiros de pé de pato. Eu nunca tive prancha, nunca gostei de praia, mal entrava na água em três meses nos quais acordava tarde e passava o dia no quarto com a guitarra sem volume. A casa era de madeira, cinquenta graus depois das duas da tarde, e os anos seguintes eu passei escrevendo e cantando e gravando sozinho músicas que só fui mostrar para alguém depois que conheci Valéria.

20.

Uma das músicas que tocávamos com Valéria era uma cover de *Drain you*. Ela pediu que o andamento fosse mais lento e cantou num tom irônico que mais tarde se tornaria comum em Richard Cheese e assemelhados. O talento dela parecia óbvio, e em dois minutos do primeiro ensaio deu para ver que a banda dependeria do vocal, mas talvez a opinião se devesse ao fato de que nunca uma mulher como ela havia chegado perto de mim. É difícil avaliar alguém como Valéria, ao menos nos primeiros tempos, porque a beleza é um bloqueio que nos faz olhar para quem está diante de um microfone como se não existisse o resto da banda e o resto do mundo.

Minha primeira vez foi com Valéria. Eu tinha dezoito anos e devia ser o único virgem da minha idade. Aos catorze Unha foi com um bando de colegas a um puteiro perto da escola, um sobrado na Venâncio Aires de onde dei meia-volta assim que uma senhora com cara de peixe abriu a porta. O que eu sabia sobre o assunto se limitava aos filmes e às revistas e às mentiras que é fácil contar: você diz que voltou com um tio ao sobrado algum tempo depois, e naquela ocasião não esqueceu o dinheiro e nem tinha outro compromisso urgente, e dá até para descrever o quarto, a roupa da senhora com cara de peixe, o batom e as escamas dela porque Unha tinha relatado isso tantas vezes que é natural guardar os detalhes. Só que muda tudo quando é de verdade, quando aceito mais um copo de vodca na casa de Valéria, e a conversa sobre o pôster de Kurt Cobain dá lugar ao silêncio, então ela me puxa e entro no quarto, está quente e ela liga o ventilador e afasta o lençol, uma coberta que faz um monte ao pé da cama, e há uma vela acesa e eu tiro a camisa e ela me puxa de novo e diz olha que tem risco de eu gostar.

Dizem que ninguém esquece esse momento, a intensidade e o alívio e a gratidão de perceber que é tão simples, só é preciso deixar que Valéria encoste o peito e a cintura e o resto acontece quase sozinho, quase que por milagre. Dali em diante você é outra pessoa porque foi capaz de botar a mão na barriga dela e descer devagar, um movimento instintivo enquanto se acostuma à expressão dela começando a se contorcer, e eu fecho os olhos e vou em frente e é a melhor lembrança que guardo enquanto ela diz com a voz rouca, você tem certeza mesmo? Você sabe mesmo onde está pisando? Olha para mim, Valéria diz: você está pronto mesmo para ir até o final?

21.

Drain you é a oitava faixa de *Nevermind*, e a ideia de fazer a cover surgiu já na primeira noite, na conversa que tivemos em frente ao pôster. Valéria perguntou se eu falava inglês, se já tinha prestado atenção nas letras de Kurt Cobain, se percebia os temas do abuso em *Polly*, da religião em *Lithium*, a metáfora da ponte em *Something in the way*, se tinha reparado no verso que fala do fruto bíblico do conhecimento que traz liberdade e danação.

Eu ouvi *Drain you* centenas de vezes, antes e depois daquela conversa, e em nenhuma outra música o habitual procedimento das composições de Kurt Cobain, versos fragmentados com ressonâncias de histórias e sentimentos que os fãs intuíam ou sabiam por outras fontes, tudo suficientemente vago para adquirir os sentidos que cada um escolhesse, teve o mesmo impacto. A imagem deixada pelo cantor foi a de alguém que tentou resistir às pressões das gravadoras, da imprensa e do público, e cada um acredita ou não que o suicídio foi uma resposta a isso tudo, mas para mim a ideia de pureza sempre será associada à simplicidade desta letra, um tema íntimo sem nenhuma ressonância política ou mercadológica, a cena de duas crianças ou namorados dizendo um para o outro que sorte ter encontrado você. Não me importo com o que você pensa, a não ser que seja sobre mim. A água é tão amarela, você é minha vitamina. Eu mastigo seu pedaço de carne e passo para a sua boca num beijo apaixonado.

22.

Drain you foi uma das músicas que ouvi no paiol do CPOR, onze meses depois da primeira conversa com Valéria. O walkman ficava escondido na calça, o fio puxado entre os botões da gandola, e mesmo na primeira guarda poucos alunos seguem as recomendações do sargento sobre a necessidade de se concentrar no serviço. Ao chegar ao posto sentei e botei os fones, o paiol é um depósito de munição e pólvora, se alguém quisesse me render e abrir o portão e riscar um fósforo e mandar o quartel pelos ares eu não teria como impedir.

Nas primeiras semanas de CPOR tudo o que eu queria era ser dispensado. Tudo o que eu precisava era de um problema de coluna, um atestado de sopro ou arritmia, um martelo e os dedos fraturados para não poder usar o fuzil. Todos os dias eu saía de casa pensando nisso, era como se me visse de cima usando a farda de passeio, o relógio regulado com a hora do tenente Pires, é hoje que marcho e faço capina e almoço ovo e uma carcaça de frango boiando na gordura pela última vez: não há o que possam fazer além de me classificar como desertor, e no máximo terei um carimbo na ficha e nunca poderei fazer um concurso público. Quando dividi o baseado com Diogo era nisto que estava pensando, o que estou fazendo neste lugar, por que preciso estar aqui aos dezoito anos, tendo passado num dos vestibulares mais difíceis do Rio Grande do Sul, tendo uma banda e um estágio e eu de gorro e arma na mão protegendo um quartel pobre contra um inimigo que nunca existiu. Se perguntassem o que eu faria se fosse pego, tanto no vestiário quanto durante a guarda, tanto fumando maconha quanto ouvindo música no paiol, eu diria que um mês de prisão seguido da dispensa do Exército talvez não fosse o pior negócio.

23.

E ao mesmo tempo não era fácil. Eu não conhecia nenhum médico que pudesse dar o atestado. Não é qualquer um que tem coragem de se machucar sozinho. O medo é uma sensação autônoma, independente do que você imagina ser a pior hipótese no caso concreto: o que poderia acontecer se algo desse errado no paiol, o que poderia ser mais grave que a delação de Diogo, por que eu deveria ficar nervoso por passar duas horas com um fuzil na mão em meio às árvores que pareciam gigantes vivos na penumbra, o vento e as folhas balançando, um galho que caiu a poucos metros logo que tirei os fones porque comecei a pensar em Diogo e achar que algo estava errado, um uivo, um gemido e alguém como que me chamando aluno, aluno, e você esquece do dia anterior e da semana seguinte e tudo o que importa é terminar o turno em segurança.

No exército você se acostuma a agradecer por pouco. Basta uma escala que deixou seu fim de semana livre. Basta uma inspeção do coronel que mencionou a limpeza do pátio, um elogio ao seu desempenho como xerife de turma, e a manhã avança e chega a hora do futebol e mais uma aula até o almoço e a dispensa de surpresa às duas da tarde. Toda vez que eu saía do quartel era um dia a menos, e não importava que fosse janeiro ou fevereiro, março ou abril, era sempre a mesma sensação quando eu passava pela guarita e pegava o ônibus e entrava na Borges de Medeiros. Dá para ver o Marinha, os ipês e um pedaço do rio, o céu limpo e eu de óculos escuros e o resto do dia livre como não acontecia há semanas, e lembrar do que eu poderia fazer em cada um desses minutos preciosos ajudava a aumentar a dúvida sobre a prisão: a perspectiva de um mês dormindo no quartel, a privada sem tampa e a mesma roupa e a comida e o colchão de piolhos, trinta dias pintando paredes e esfregando o chão e carregando sacos de cimento com três companhias e seis pelotões e duzentos alunos e mais soldados e cabos e sargentos e oficiais que nunca esquecerão da sua história.

Se Diogo me delatasse ao tenente, eu seria para sempre o aluno número 688, sexto pelotão, que foi apanhado no primeiro serviço. Duzentas pessoas comentando o caso nas faculdades e bares de Porto Alegre. Um estudante de direito da Universidade Federal do Rio Grande do Sul que usou drogas dentro do quartel. Que foi estúpido o suficiente para agir como no relato de Diogo, um processo com o testemunho dos sentinelas que ouviram a conversa entre os dois réus no banco da guarita: ele perguntando se eu fumava, brincando sobre como seria fazer isso no quartel, o pernoite e a ronda e o turno, e eu dizendo que tinha um baseado e podíamos ir ao alojamento e dar um pega se ele me pagasse uma cerveja ou em dinheiro mesmo.

24.

Valéria embarcou na terça anterior ao show do Nirvana. O ônibus leva dezoito horas entre a rodoviária de Porto Alegre e o Terminal Tietê. Ela ficou na casa de uma tia a quem não via desde criança, e a chegada na quarta foi como costuma ser em São Paulo: o cheiro de carniça na Marginal, as pontes e templos, os tratores e dutos, as capivaras e sofás abandonados no esgoto. A tia dirigiu até o prédio em Santana, explicou que de lá até o Morumbi dá pelo menos uma hora de trânsito, na saída do show não haveria transporte e o preço do táxi talvez fosse metade de uma viagem intermunicipal de ônibus incluindo o jantar perto de Florianópolis, o lanche em Curitiba e o café da manhã em Registro.

Ao entrar em casa a tia mostrou o quarto de hóspedes, o banheiro, a cozinha e a área de serviço. Ela entregou uma cópia da chave e disse que havia um bolo no forno. Não lembro onde essa tia trabalhava, se tinha marido, se era irmã ou prima da mãe ou do pai ou de algum outro parente de Valéria. Não sei se ela ainda mora em São Paulo e guardou aquela conversa acontecida à mesa, ao redor das xícaras e migalhas, se Valéria usou garfo e faca ou segurou o bolo com um guardanapo, se a conversa foi sobre a cidade e a vida da tia ou sobre Porto Alegre, o apartamento, a banda onde ela cantava e o que aconteceria com a banda depois do show do Nirvana

25.

Não sei se Valéria contou à tia que tinha um namorado. Se falou o nome do namorado, a idade e onde o conheceu. Se lembrava também da primeira noite, a penumbra do quarto dela e o zunido do ventilador, e o que pretendeu ao perguntar se eu estava pronto para ir até o final. Não sei se às vésperas do show do Nirvana ela lembrava de ter usado essas palavras, nessa exata ordem, se era um pedido ou aviso ou só o que faz quem bebeu vodca e agora tem a voz rouca no meu ouvido e diz vem inteiro e eu ouço como se estivesse acostumado a isso.

Eu fui o primeiro a acordar no dia seguinte. Lembro de ter reparado na posição em que ela dormia, o peso inteiro no braço, o travesseiro sob o pescoço e a expressão pacificada que ela muito raramente teria. É muito difícil enxergar por trás da beleza, ainda mais na primeira manhã do primeiro namoro: Valéria disse para eu ficar na cama, voltou com uma bandeja de suco e biscoitos, eu me limitei a observar o jeito como ela comia, se espreguiçava, o primeiro beijo na luz natural, o corpo dela agora em detalhes — dedos do pé, joelhos, tom da pele.

Qual a pior coisa que se pode descobrir sobre alguém? Os primeiros dias correram sem Valéria ter um surto psicótico, ou revelar que passou anos na cadeia, ou que acreditava na teoria dos reptilianos que fazem reuniões secretas para controlar o mundo, então sobram os diálogos estranhos ou não, a sério ou não, Valéria rindo ao me perguntar se eu estaria ali se ela fosse vesga. Se não tivesse uma perna. Se tirasse a roupa e eu descobrisse uma cicatriz da clavícula até a cintura ou as costas cheias de marcas de faca e cigarro.

Valéria volta e meia perguntava se eu já tinha cuidado de alguém. Se eu tinha feito algum sacrifício na vida. Um sacrifício *de verdade*, ela dizia, mas não vejo por que esse tipo de conversa deveria ter me preocupado. É como se aquelas primeiras semanas fossem um acidente, uma cápsula de tempo em que por acaso ela não mostrou nada que me fizesse recuar por bom senso antes de me envolver em algo que não poderia mais ser desfeito. Eu lembro do primeiro ensaio a que levei Valéria, como era tocar com a minha namorada, cada reunião em que falávamos das letras, dos arranjos, e em cada uma dessas lembranças eu tento identificar uma palavra ou gesto ou expressão que me alertasse sobre o que onze meses depois começaria a parecer retrospectivamente uma fatalidade — a maneira como ela tratava o baterista, o único remanescente da antiga banda da escola, meu velho colega Unha que fez com Valéria a viagem a São Paulo.

26.

Eu gosto de música desde criança. Minha mãe conta que com três ou quatro anos meu brinquedo preferido era um xilofone. Meu pai ouvia a rádio da Universidade, lembro do chiado das gravações de orquestras, do locutor que entrava com a voz grave e dizia nomes que eu achava engraçados, fagote, moderato, obcé. Com seis anos comecei as aulas de violão, no início a dificuldade é apertar as cordas por tempo suficiente, uma pestana de si maior antes de ter calos nos dedos e força no pulso, a mão direita, o dedilhado, mais tarde a palheta e as escalas de solo.

Eu comecei a gostar de rock nos anos 1980. Eu passava as tardes ouvindo Ipanema FM, gravando e anotando o nome de faixas num caderno em que tentava reproduzir letras e cifras. O primeiro show que vi foi no Araújo Vianna, e o que mais me impressionou foi o volume dos instrumentos e como Marcelo Nova era mais velho do que parecia na foto do disco. Eu acompanhava a carreira de todos eles, Fabião do Olho Seco, Redson do Cólera, Clemente que foi acusado de trair o movimento, e embora frequentasse escola particular e tivesse uma empregada que trazia queijo quente e milk-shake no meio da tarde eu tinha a ilusão de estar muito próximo do mundo onde essas pessoas viviam.

Ninguém na minha classe sabia tocar. Ninguém tinha o mínimo conhecimento de música. Eu odiava o gosto dos colegas, as roupas, as gírias, os clipes de surfe e bandas australianas que apareciam dirigindo carros esporte com mulheres de biquíni, os penteados e óculos escuros e vocalistas de pele dourada que mostravam os dentes alinhados sob o céu azul, enquanto eu e Unha passávamos o fim de semana tocando na garagem da casa dele entre ferramentas e latas de tinta e a umidade grudenta que cheirava a cimento e cachorro.

27.

Unha ouvia as mesmas coisas que eu: bandas de skate da Califórnia, bandas de carecas da Holanda, Papai Noel porco capitalista que presenteia os ricos e cospe nos pobres. Era a única pessoa da escola com noção de ritmo, trinta alunos na minha classe e trinta na B e na C e a série de cima e a de baixo e só ele era capaz de uma coisa tão simples quanto coordenar pernas e braços. Não havia nada como tocar acompanhado nessa época: um três em um que faz vibrar a esteira do tarol, uma guitarra Tonante, o chorume arranhado que transforma o mundo numa tosse de vidro moído.

Unha era meu melhor amigo também por causa da música. Depois do episódio da dança com Sandra passamos um tempo afastados, mas no segundo grau já tínhamos feito as pazes. Íamos às sextas na Osvaldo Aranha, ele começou com o pó e o ácido e uma vez levou a namorada de um gótico para dentro do Parque da Redenção. Foi naquele dia que ele ganhou o apelido: não vou tomar banho uma semana, ele disse mostrando o dedo, o cheiro dela está debaixo desta unha. Foi ele que falou a primeira vez de Kurt Cobain, que apareceu com uma fita de *Bleach*, um dos últimos discos da década de 1980 e um registro novo e tradicional ao mesmo tempo.

A crítica costuma dizer que *Bleach* é um ensaio para o que um banho de mixagem e um ajuste sutil de andamentos, além da transformação mercadológica que passou a aceitar as fórmulas próprias da cena independente americana, transformariam em *Nevermind* dois anos depois. Nesse intervalo eu concluí o terceiro ano, passei no vestibular, o engano comum de achar que existe vocação no que é apenas triunfo de estudo concentrado, e já nas primeiras aulas da faculdade percebi que poderia até virar advogado, ou fazer concurso para juiz, ou virar o funcionário mais quieto e estável de uma junta de conciliação trabalhista, ou qualquer coisa que me desse o sustento que um curso de música e uma vida de álcool e porcentagem de couverts artísticos em bares para vinte pessoas jamais daria, mas que a vontade mesmo era de voltar a ter uma banda.

28.

Unha comprou o ingresso para o Nirvana junto comigo e com Valéria, semanas antes de sabermos como viajaríamos. Nenhum dos dois tinha dinheiro para ir de avião, mas eu teria de dar um jeito porque não podia adivinhar como seriam a sexta e a segunda no quartel. Viajar dezoito horas de ida e dezoito de volta, entre dois expedientes que poderiam ser burocráticos ou incluir uma marcha de doze quilômetros de capacete e embornal, isso muito antes do episódio da maconha e de Diogo, talvez não fosse a melhor opção.

Eu evitei dizer a Valéria que não podia garantir minha ida, que não era improvável estar ausente no momento mais importante da vida dela, sobre o qual ela vinha falando tanto e há tanto tempo, e na fatalidade retrospectiva não seria difícil identificar aí um dos focos de conflito. As noites em que deixei de encontrá-la porque na manhã seguinte tinha de estar cedo no quartel. Os fins de semana em que estava cansado demais para qualquer coisa além de dormir. As conversas em que não conseguia ter outro assunto a não ser a armadilha em que tinha caído, dezoito anos e de repente eu vivia sob um regime de escravidão, e ninguém era capaz de entender como o brilho de uma fivela e um alfinete de gola e a extensão exata de um cadarço passaram a ser tão importantes, e toda vez que eu me angustiava com isso a ponto de chorar de raiva Valéria perguntava o que me impedia de simplesmente desertar. O que pode acontecer na pior das hipóteses, você vai para o pelotão de fuzilamento? Não vai poder renovar o título de eleitor, é isso?

29.

Não seria difícil dizer que os problemas com Valéria começaram assim, uma trama clássica de namorada que não recebe atenção. E então a fatalidade retrospectiva volta àquele primeiro ensaio, o modo como Unha a cumprimentou, como ele passou a tratá-la nas semanas seguintes e os comentários dela sobre a simpatia e a dedicação e a sensibilidade dele. Dá para lembrar a postura dela ao cantar, como mexia o corpo sabendo que era sempre observada daquele ângulo, e não sei se eram movimentos independentes de Unha estar sempre ali ou se acontece de forma natural — uma pergunta que ela faz a ele com o tom mais baixo, a primeira vez que ele sustentou o olhar, o dia em que ela sustentou o olhar de volta enquanto eu estava do outro lado da garagem trocando uma corda ou arrumando um plugue com mau contato.

Eu nunca soube dos detalhes do que aconteceu nos dias anteriores ao show do Nirvana. Não sei se a tia de Valéria perguntou se Unha queria dormir na sala ou no quarto de hóspedes. Não sei onde ele dormiu afinal, o que disse a Valéria, o que fez ou não com ela até o momento em que Kurt Cobain subiu ao palco, três dias em que eles estariam sozinhos entre milhões de pessoas que não os conheciam nem se importavam com eles, o intervalo que só pude reconstituir a partir do relato posterior de Unha: o que Valéria comeu em Florianópolis, Curitiba e Registro, a chegada e a Marginal Tietê, os passeios na Paulista e no Centro, a quinta e a sexta e o sábado em que ela lembrou ou não de mim, quis ou não se comunicar comigo, decidiu ou não me explicar o que nunca fui capaz de entender.

30.

O assassino dos pais de Immaculée Ilibagiza era um homem de negócios chamado Felicien, cujos filhos haviam sido colegas dela na escola primária. Ela o visitou na prisão depois do fim da guerra. Ele tinha a pele machucada, os pés cobertos de feridas, a barba imunda. Felicien botou fogo na casa de Immaculée, roubou máquinas e a safra de grãos. Ao vê-la na porta da cela começou a chorar. O administrador da prisão disse que ela podia interrogá-lo, chutá-lo e cuspir nele se quisesse.

Os historiadores explicam o genocídio de Ruanda como uma consequência da rivalidade entre tútsis e hútus existente já antes do período colonial. Embora seja difícil diferenciar uma etnia da outra, até porque foram décadas de casamentos mistos que geraram filhos com características variadas, os belgas estimularam uma política de segregação baseada em documentos de identidade diversos e cotas no sistema político e educacional. A isso se somaram episódios de guerra civil na segunda metade do século XX e, por fim, uma série de negligências: da ONU, que não interveio de forma adequada quando começaram os massacres, e de órgãos como o Banco Mundial e o FMI — os quais não fiscalizaram recursos de caridade que serviram, por exemplo, para a produção em massa de facões.

Immaculée costuma falar sobre sua experiência de um ponto de vista católico. Suas palestras são precedidas de clipes e anúncios que a classificam como Anne Frank de Ruanda. Em seu livro de memórias ela diz que os assassinos deixaram o diabo tomar conta de suas almas. Que passou os noventa e um dias no banheiro rezando. Que segurava um terço ganho do pai quando os dois se viram pela última vez. Na visita à prisão, ela conta que percebeu a vergonha de Felicien e que, ao trocar o primeiro olhar com ele, também não pôde controlar o choro. Então pôs a mão em seu ombro e, numa cena que costuma relatar em suas palestras, com a voz embargada, explicando que se não fizesse isto nunca mais poderia amar e confiar nas pessoas, o que ela define como *continuar sendo humana*, disse que o perdoava.

31.

Entrevistei Immaculée no início do ano passado, depois da palestra da PUC, um trabalho de freelancer para uma revista que acabou sendo publicado com cortes e modificações. Sou jornalista desde 1995. Ao voltar de Londres a faculdade de direito estava trancada, eu não tinha mais o estágio no escritório de advocacia e até recomeçarem as aulas fiquei em casa. A única coisa que me ocorreu foi digitar os dados da agenda inglesa no computador. Aproveitando a facilidade de inverter parágrafos, inserir passagens e refazer trechos, em dois meses imprimi a versão final do que seria uma espécie de livro sobre a viagem. O resultado é amador, com trechos melosos e considerações enfáticas sobre a história e o dia a dia de um país onde vivi por menos de um ano, mas foi o suficiente para a minha mãe enviar a uma amiga cuja filha era casada com um jornalista em São Paulo. Logo passei a mandar textos para a revista onde ele trabalhava, em seguida para outras publicações, e o editor de uma delas me convidou para trabalhar com ele dois anos depois.

32.

No jornalismo fui mais editor que repórter, embora sempre tenha gostado de fazer entrevistas, e tanto numa quanto noutra função eu nunca passei por nada como o encontro com Immaculée. Eu assisti à palestra da PUC e fomos juntos, de carro, num dia de chuva e trânsito lento, até o hotel dos Jardins onde ela estava hospedada. Lá sentamos no hall e eu liguei o gravador. Ela vestia um tailleur, estava maquiada, tinha trinta e nove anos e foi gentil o tempo todo.

Immaculée falou sobre o marido, sobre o que dizia quando a filha perguntava dos avós, sobre a reação da filha ao ver a mãe num programa de TV em que se intercalavam comentários de estúdio e cenas de 1994, a barriga de grávidas de estupro, hútus soropositivos cuja tarefa era contaminar adolescentes tútsis, corpos pendurados em árvores e cercados de moscas cujo zumbido era mais alto que o motor dos jipes, um país cuja imagem passou a ter os enquadramentos das câmeras da CNN, a tipologia das legendas na tela, os números da limpeza étnica e da terra arrasada e do tempo que parou.

Uma das perguntas que pensei em fazer foi sobre uma reportagem de Jean Hatzfeld, o depoimento de uma mulher que se sentia humilhada por ter sobrevivido. Falar sobre isso, a mulher dizia, é se rebaixar aos olhos dos outros. É deixar que os outros pressuponham o que você pode ter feito para escapar, por que você foi poupado, os casos de delações e gente que deixou crianças para trás e se escondeu em valas cheias de cadáveres. Como evitar que a memória se misture com a culpa, a autopiedade e a autoindulgência nos anos e décadas que seguem um evento assim? Como segurar um gravador e olhar para uma pessoa e mencionar esses temas depois de ela ter passado noventa e um dias num banheiro enquanto a família era esquartejada a céu aberto?

33.

Uma das perguntas que eu fiz a Immaculée foi sobre as dúvidas que surgiram no banheiro. No livro de memórias ela conta que rezava em silêncio, mexendo a boca porque isso a distraía do que não podia ouvir, a voz do diabo sussurrando você é apenas uma, seus inimigos são legião, por que pedir ajuda ao deus que mandou sua família inteira para a morte?

Durante os noventa e um dias que passou ali, Immaculée acompanhou de maneira fragmentada as notícias sobre a guerra. O pastor botou um guarda-roupa em frente à porta do banheiro, o disfarce para que as patrulhas constantes não encontrassem as fugitivas, e mesmo assim dava para ouvir o que as pessoas da casa e os visitantes comentavam. Foi assim que Immaculée ouviu seu então namorado hútu jogar vôlei, fazer piadas com os amigos, beber cerveja e elogiar as longas e fartas refeições. Foi assim que soube que o irmão, um dos poucos com mestrado completo na província, teve o crânio partido por um hútu que queria ver como era o cérebro de uma *barata tão sabida*. Um dia o pastor apareceu de madrugada e, prevendo que as oito mulheres seriam as únicas remanescentes tútsis de Ruanda, que seria morto se elas contassem a alguém sobre o esconderijo, e por isso elas deveriam ir para onde ninguém as conhecesse, prevendo isso ele comentou que em breve as mandaria para a ilha dos abashis — uma tribo sem escolas, igrejas, casas nem contato algum com o mundo exterior, onde os homens viviam da caça e da pesca e com sorte as adotariam como esposas.

Durante os noventa e um dias Immaculée teve febre, piolhos e infecção urinária, a pele descamada e as gengivas doloridas, dificuldade de sentar no chão porque havia perdido os músculos e a gordura do corpo. Quando as patrulhas de hútus rondavam a casa ela tinha a sensação física do medo, o couro cabeludo que ardia, as costas como que picadas por agulhas, suor, dor de cabeça, aperto no peito, o chão que parecia se mexer por causa dos tremores constantes e incontroláveis, e nesses momentos ela fechava os olhos e se concentrava num mantra, horas pensando apenas nisso, às vezes uma única palavra de conforto, *fé, esperança, entrega*, mesmo depois que tudo estivesse quieto novamente.

34.

Todos os dias Immaculée agradecia pela casa do pastor ter sido construída, pelo arquiteto ter lembrado de fazer um banheiro extra, pela porta do banheiro estreita o suficiente para ser coberta pelo guarda-roupa. Ela escolhia um trecho da Bíblia, normalmente versículos do Evangelho de Marcos, e repetia que Deus jamais revela o que não estamos prontos para entender. Deus só revela o que precisamos. Deus pode fazer tudo por qualquer pessoa, e uma pessoa comum está tão protegida quanto o profeta Daniel na cova dos leões.

Immaculée falou sobre o que sentiu nos primeiros dias, sua vontade de matar os hútus, e como se deparou com isso a cada conversa que tinha com tútsis depois do fim da guerra. Ela precisou entender a raiva. Precisou confrontá-la, superá-la, e dentro do banheiro mesmo começou a rezar por todos — vítimas, assassinos, os que haviam feito o bem e o mal naqueles três meses de apocalipse. A descoberta foi a prova de que ser poupado não é o mesmo que ser salvo, e há mais a fazer do que lamentar o horror gratuito, o ciclo que do nascimento à morte nos bota numa prova de dor e aceitação.

Eu desliguei o gravador depois da entrevista, agradeci pelo tempo gasto comigo, peguei um táxi na porta do hotel e então cheguei em casa. Eu tomei um copo d'água. Eu tirei os sapatos. Eu apaguei a luz do quarto e resolvi deitar um pouco. Eu tinha vinte e quatro horas para escrever a matéria, ainda havia dados a conferir e a gravação para transcrever, e lembro de ter pensado que o melhor era começar de uma vez e digitar o máximo de blocos de texto para organizar na manhã seguinte e não pensar no que tinha acabado de ver e ouvir, no que aconteceu desde que me despedi de Immaculée, uma sensação que eu não sabia se era por causa dela ou da coincidência de datas ou porque há vinte anos eu quase não pensava a respeito, Ruanda e Londres, 1994 e 1993, Kurt Cobain e o CPOR e Unha e Valéria e como uma conversa tão curta com alguém que eu nunca tinha visto antes era capaz de me afetar daquela maneira.

35.

Eu entrei para o direito porque gostava de ver filmes de tribunais. Também porque achava que era possível correr atrás de criminosos sem suar ou amassar o terno. Também porque diziam que eu passaria fome se fizesse música. Só que em dois meses de faculdade já tinha percebido que não conseguia me concentrar por mais de meia hora em leituras que só piorariam: direito comercial, agrário, previdenciário, teoria do processo e hermenêutica jurídica, seis anos em que eu prestaria atenção em não mais que meia dúzia de disciplinas e nas restantes passaria colando de resumos escondidos dentro dos códigos legais.

Meu estágio no escritório de advocacia começou no primeiro semestre. O trabalho era análogo ao de um office boy: carga de processos no fórum, xerox de acórdãos no tribunal, quesitos contábeis para o perito da reclamatória do gerente de caldeiras Geová — *cumpriu a empresa todos os requisitos da legislação de segurança?* Eu ganhava meio salário mínimo para trabalhar da uma às seis e meia, as aulas eram à noite, eu pagava o lanche na faculdade e a roupa e as cervejas, além do amplificador que comprei em dez prestações porque não ganhava mesada desde que saí do colégio, então eu complementava os ganhos como podia. Pegando ônibus e dizendo no escritório que tinha ido de táxi. Digitando trabalhos de conclusão que remuneravam por lauda. Uma festa em que cobramos ingresso e ficamos com a renda do bar. O fumo que um colega do direito arrumava para eu revender.

Na conversa com Diogo no banco da guarita, quem falou de maconha primeiro não fui eu. Tecnicamente eu não vendi a ele, porque uma transação pressupõe um acordo sobre quantidade e preço e o que fiz nem chegou a ser uma oferta, e sim um comentário que era quase uma gentileza, uma piada, você me paga uma cerveja ou deposita na minha conta depois. Nem preciso dizer que ele nunca me deu o dinheiro, que a quantidade envolvida era risível, que todos os duzentos alunos e os cabos e sargentos e tenentes e majores e quem sabe até o coronel já estavam cansados de fumar ou conviver com quem fumava maconha, mas isso não eliminava o fato de haver diferença entre uso e tráfico de entorpecentes.

36.

No momento em que Diogo foi pego, eu estava caminhando para o alojamento. Foram cerca de vinte minutos até nos vermos na formatura do pernoite. Nesse tempo eu não sei o que Diogo fez, se o sargento gordo deixou o beco imediatamente após dizer que ele seria preso, que se preparasse para tomar banho frio por trinta dias, comer ração por trinta dias, dormir trinta dias sabendo que no trigésimo primeiro seria expulso com o carimbo de maconheiro na ficha.

Talvez Diogo tenha permanecido ali, sentado, ele e os vidros embaçados do vestiário ao lado, o cheiro do fumo ainda no ar e a ressaca de se dar conta do que tinha acabado de acontecer, ou caminhado até os fundos da Engenharia e por um momento pensado em pular o muro e sumir para sempre. Eu não sei exatamente como aconteceu, mas foi nesse intervalo que ele decidiu, e às vezes é uma percepção rápida, um instinto quando se está acuado e aparentemente sem saída, que não podia ficar sem reagir.

Diogo veio falar comigo assim que saí do alojamento. Ele disse que tentou negar que estivesse fumando. Que o sargento gordo o mandou afastar as pernas e levantar os braços. Tudo no exército é cerimonial, você é treinado para no segundo mês deixar de estranhar quando tira o gorro em lugares fechados, quando um graduado entra e você tem de ficar de pé, em posição de sentido ao responder a quem tem uma lanterna e percorre o chão do beco e a terra do canteiro até achar a ponta do baseado: o que é isto, aluno? Não sei não senhor, sargento. O aluno acha que o sargento é burro? Não acho não senhor, sargento.

Ao entrar no CPOR Diogo achava que passaria pelo período básico, os expedientes longos e exercícios de campo e lá pelo meio do ano as coisas se acalmariam. Ele só teria uma guarda a cada dez dias, um serviço eventual como auxiliar do adjunto ou sargento de dia, meia dúzia de provas em alguns meses até a formatura. Depois era um estágio como aspirante no interior, a promoção de posto na saída, e um ex-aluno pode optar por até oito anos como tenente R/2 depois do serviço obrigatório, com salário de oficial e auxílio-moradia e plano de saúde para a família, mas a prisão mudava tudo: ele cumpriria os trinta dias e seria desligado, rotulado pelo resto da vida como criminoso, o bode expiatório que aceitou ficar quieto em nome de uma lealdade gratuita, então eu teria de pagar se não quisesse ser levado junto.

POR TRÁS DA BELEZA

37.

Uma forma de explicar o que aconteceu em abril de 1994: Kurt Cobain tinha esposa, uma filha de um ano e sete meses, dinheiro e fama por fazer de modo bem-sucedido aquilo que sempre gostou de fazer, além da possibilidade de abrir mão disso a qualquer momento e viver como quisesse, longe da imprensa, do público, na cidade que escolhesse, na casa que mandasse construir, cercado das pessoas de quem gostasse e com décadas de conforto material pela frente, e mesmo assim apertou o gatilho. Já Immaculée Ilibagiza entrou num banheiro de um metro e vinte e passou noventa e um dias comendo os restos trazidos pelo pastor, dormindo e usando a privada na frente de outras sete mulheres, e vendo as outras sete fazendo o mesmo, os ruídos e o metabolismo de cada uma, um rodízio de quem ficava de pé e quem dormia e quem chorava e quem ficava doente, e durante o período ela sabia ou imaginava que perderia a casa, a cidade, o país, a língua, a família e todas as referências que fazem uma pessoa ser quem é, mas em nenhum momento pensou em outra coisa que não sobreviver.

38.

Uma forma de explicar por que eu estava em Londres na semana em que Immaculée entrou no banheiro e Kurt Cobain se matou: um acidente que sofri no ano anterior. Eu cruzei a Protásio Alves, um semáforo em frente a um corredor de ônibus, e um caminhão de bombeiros bateu na porta ao lado do meu assento. Passei a noite na enfermaria do pronto-socorro. Fizeram exames e puseram uma sonda na minha uretra. A madrugada inteira ouvi os gemidos das outras camas, e fui proibido de tomar água porque uma cirurgia foi cogitada para as primeiras horas da manhã.

Fraturei a primeira vértebra lombar e o pedúnculo esquerdo respectivo. A tomografia indicou uma rachadura próxima da medula, um grão vermelho dentro de um contorno branco que representa o osso e a proteção do sistema motor da cintura para baixo. Da enfermaria fui para o hospital, e do hospital para casa uma semana depois. Foram cinquenta dias sem levantar o pescoço, mais três meses de fisioterapia e um colete ortopédico feito de poliuretano.

O acidente foi uma espécie de gota d'água, um ano que começou comigo entrando no CPOR e terminou naquela cama, eu olhando para o teto, e ter decidido trancar a faculdade e passar uma temporada no exterior era o mínimo se eu não quisesse uma repetição de tudo depois que me recuperasse: um curso que detestava, um estágio que não queria de volta, a mesma casa e a mesma cidade e as mesmas pessoas esperando que eu fizesse vinte anos e trinta e quarenta sem ter aprendido nada nem esquecido coisa alguma.

39.

Nas primeiras semanas de CPOR há um exercício de campo. Toda a unidade se desloca em caminhões até Butiá, a uma hora de Porto Alegre, e passa o dia fazendo lanço, comando crawl e rapel. Come-se arroz com banana. Os banheiros são cabungos atrás das árvores. A jornada começa antes de nascer o sol, num lago com água gelada até o peito onde se faz ginástica com o fuzil, e em pouco tempo se entra num estado alheio à sujeira e ao cansaço de marchar com os pés encharcados em direção ao nada.

Os exercícios eram comandados pelo tenente Pires. No período básico tive instrução com vários oficiais, e era fácil odiar cada um deles: o major Régis, que dizia mulher feia e aluno burro é que nem capim, o capitão Juliano, que dizia eu cago e mijo na boca de aluno que tenta ser esperto, e o tenente Ricardo, que dizia pelotão assim eu acho que só encontro na Apae. Com Pires era diferente, a começar pelo que ele denominava *reuniões espirituais*. Em Butiá ele esperava pela chegada da patrulha, um grupo de oito alunos que era deixado no mato com uma bússola e deveria encontrar um ponto numa coordenada específica a nove quilômetros de distância, um deslocamento de noite inteira porque era preciso avançar de cem em cem metros, o homem-base na frente indicando o vetor da coluna, trinta graus norte, orientação auxiliar pelas estrelas caso o céu estivesse aberto, e ao chegar nós sentávamos num semicírculo com ele de pé no centro e então ele pegava a Bíblia e lia a partir do Salmo 12.

40.

O tenente Pires gostava de dizer, quem conhece a Obra nunca se sentirá fraco, nunca será vencido. Ele falava da transitoriedade da riqueza, da magnificência de estar vivo em meio à noite da Criação, e antes de sermos dispensados para dormir e enfrentar uma nova jornada de dezoito horas incluindo uma nova patrulha e uma nova coletânea de trechos do Evangelho ele perguntava a cada um, qual a sua fé, você frequenta o culto, sua família é temente à Palavra.

Eu nunca tinha lido a Bíblia, ao menos não de forma cronológica e sistemática. Até então o que conhecia a respeito se limitava aos Dez Mandamentos, à Arca de Noé e demais episódios do Gênesis diluídos em filmes da Sessão da Tarde, mas no campo de Butiá percebi que valia a pena frequentar o grupo do tenente Pires: onze da manhã na sala de aula enquanto o resto do pelotão fazia educação física, vinte e cinco piques no asfalto quente com uma conga de sola fina cujo apelido era *Mall Star*.

Desde o campo de Butiá eu passei a ser o que no exército se chama de peixe, o preferido do tenente Pires porque era capaz de citar o Velho Testamento e relacionar as passagens com o dia a dia na caserna, a exortação à obediência do Deuteronômio, os sacrifícios do Levítico, tudo que eu tirava do contexto de forma que soaria idiota para quem não lesse aquilo de modo literal. Um dia o tenente me chamou e disse, você sabia que fui batizado tarde? Eu era mais velho do que você quando entrei para a Assembleia.

Foi a decisão que mudou a minha vida, o tenente disse, e quando o registro sobre Diogo saiu no boletim do dia eu sabia que era ele o encarregado da investigação. Diogo seria convocado para se explicar até o fim da manhã de sexta. Eu poderia ser interrogado também. Eu bateria à porta da sala dos oficiais, pediria permissão para entrar, sentaria em frente ao tenente Pires e responderia à única pessoa que gostava de mim no exército — o único que se decepcionaria se eu fosse preso junto com um aluno que todos tinham motivo para desprezar.

41.

Diogo pediu o equivalente a quatro soldos para não me entregar. É tão fácil se convencer da própria razão quando quem está do outro lado é um chantagista, um verme que se arrasta durante as atividades na manhã de sexta antes do interrogatório. O último turno da noite havia acabado sem alteração, a visita do Ronda, depois a coluna chegando pela pista atlética para me render. Apesar de Diogo, caí no sono assim que deitei no beliche. Apesar de ter de decidir sobre a chantagem, dormi bem e levantei inteiro para a faxina. Vassoura, cera no corrimão e espuma preta: a alvorada no quartel é sempre um alívio, uma solidariedade quieta entre vultos com o olfato acostumado à morrinha, as tarefas que parecem mais fáceis porque a impotência e a agonia entram em pausa até a próxima guarda.

É tão mais fácil olhar para alguém como Diogo e pensar que não faria diferença me delatar ou não. Ele era filho de escrivão de polícia, o avô tinha sido verdureiro, o neto virar tenente R/2 por oito anos depois da formatura seria o mais longe que a família chegou. Meu envolvimento no episódio da maconha não mudaria a expulsão dele, os quatro anos dele numa faculdade caça-níqueis, da qual sairia sem trabalho e devendo para sempre o dinheiro do crédito educativo, então é natural buscar uma alternativa melhor que a de ceder à chantagem.

O Salmo 12 diz que os impuros usam a falsidade, e o Senhor cortará os lábios lisonjeiros e a língua que fala com soberba, mas o tenente Pires não estava pronto para acreditar em qualquer coisa que eu dissesse? Talvez eu devesse avisar Diogo: a escolha de brigar ou não é sua. Os sentinelas da guarita não vão testemunhar a seu favor. Não são idiotas de confessar que ouviram uma conversa sobre maconha e não denunciaram ao oficial de dia. E se ainda assim você quiser me testar, eu talvez devesse avisar Diogo, sem culpa, com uma ênfase que até então só existia em pensamento, nada impede que eu diga que foi você que ofereceu o baseado.

42.

Durante a recuperação do acidente eu passava o dia lendo e ouvindo música. No fim da tarde o colete era aberto e me viravam de lado para esfregarem minhas costas com um pano úmido. As refeições eram servidas numa bandeja. Aprendi a usar os talheres olhando para o teto. O banho era nos fins de tarde, minha mãe ajudava a botar o colete de volta, o encaixe regulado pelas tiras de velcro, e me acostumei a usar comadre e papagaia e não sentir vergonha enquanto era limpo.

Dois médicos me acompanharam no período. Um ortopedista, que já havia me atendido quando quebrei o braço anos antes, e um especialista em coluna que avaliou a necessidade ou não de cirurgia. No momento da batida senti uma compressão no abdômen, um dos bombeiros abriu a porta e disse para ficar calmo, não me mexer e tentar expirar. Ele e um colega me retiraram sentado, me deitaram na maca, fui imobilizado no pescoço e no tórax e ele beliscou minha perna e perguntou se eu estava sentindo alguma coisa.

O acidente aconteceu em 1993, e no ano seguinte eu estava em Londres carregando a cesta de sanduíches e trabalhando doze horas por dia em pé. A cesta tinha algo como dez quilos. Eu também ajudava a carregar as caixas de mantimentos para a lanchonete. Eu segui com os bicos de faxineiro, e uma vez fiz a mudança de um indiano em Marble Arch, incluindo um sofá e uma mesa de pedra que precisou de quatro pessoas para ser levantada, e quando os médicos disseram que eu ficaria bom, que a vértebra se reconstituiria sozinha a partir de um calo ósseo, que eu não ficaria com sequelas neurológicas ou motoras e poucos meses depois poderia até correr e fazer esportes, eu nunca mais deixei de pensar como seria se o resultado fosse outro.

43.

No período de cama, em Londres, na volta ao Brasil e até hoje, eu nunca deixei de pensar no que teria acontecido se a batida fosse um pouco mais forte: cinco quilômetros a mais por hora, alguns centímetros mais para a frente na porta do motorista, ou se não fosse um caminhão de bombeiros e sim uma Kombi com um entregador de geladeiras que teria me tirado das ferragens sem nenhum cuidado, a posição torta da lombar, o corpo pendido para a esquerda e o restante da vértebra esmagado junto com a medula.

Com que palavras o médico daria a notícia? Que medidas práticas se tomam nos meses posteriores a algo assim? Eu ficava imaginando se uma reforma teria de ser feita em casa para deixar as portas mais largas, as prateleiras mais baixas, se uma rampa teria de ser construída na escada que dá acesso à portaria, e quanto tempo levaria para alguém conversar comigo porque algumas decisões precisam ser tomadas e então essa pessoa me entrega um catálogo de modelos cheio de fotos — cadeiras de rodas com motor, sem motor, aros foscos ou cromados, o encosto em tecido branco ou pastel.

44.

Quanto tempo demoraria para receber a visita dos meus amigos, os que já sabiam e os que teriam de ser informados por mim ou por alguém que os preparasse antes de entrarem no quarto? A primeira vez que me veriam assim. Eles fingindo que era uma visita como qualquer outra. O que dizer de alguém naquele estado aos dezoito anos, quanto demora para querer distância da pessoa porque é tão difícil lidar com a situação? Quanto demora para metade dos amigos nunca mais aparecer, e só um vigésimo deles continuar em contato frequente, as cirurgias e os tratamentos em clínicas com exercícios de repetição ao infinito, acordar e almoçar e passar o dia com a dor física num membro que está e não está lá?

Um ou dois anos depois eu teria os braços musculosos, o rosto inchado, uma bolsa de urina e com sorte a habilidade de entrar no banheiro e me limpar sozinho, algo que eu faria duas ou três vezes por dia e em cada uma delas agradeceria pela humilhação não ser ainda maior, e se tivesse a sorte de deitar com uma mulher por cima ou numa posição que teria de ser explicada e treinada eu também lembraria que ela talvez só estivesse ali por curiosidade, ou por pena, e eu tentaria ver isso no rosto dela também, o esgar de dor ou esforço que deixaria claro que eu nunca mais seria o mesmo, e a vida de ninguém parou por minha causa, e ninguém é culpado de nada, e quanto tempo para eu decidir se valia a pena enfrentar aquilo?

45.

Outra diferença possível entre Immaculée e Kurt Cobain: ela enterrou a família, foi embora de Ruanda, casou nos Estados Unidos, teve duas filhas, escreveu um livro e viajou o mundo sabendo que nunca seria convidada para falar sobre outro assunto senão os noventa e um dias que passou no banheiro, e mesmo assim voltou à África e visitou o homem que matou seu pai, sua mãe e seu irmão, e pôs a mão no ombro dele, e entre dar algum alívio à culpa dele e abandoná-lo num horror ainda mais escuro optou por perdoá-lo.

Já Kurt Cobain escreveu seu bilhete, atravessou a estufa, sentou sobre duas toalhas no terraço, tirou o gorro de caçador, fumou um cigarro, mais um gole de cerveja, mais uma dose de heroína preta mexicana logo acima do cotovelo, a última providência antes de encostar o cano da espingarda no céu da boca, e não sei se em algum desses momentos ele pensou no que seria o dia seguinte de Courtney Love. Não sei se ele lembrou que o disco da banda dela estava com lançamento marcado para aquela semana. E que pelo resto dos anos diriam que ela fez o marido se viciar, não o apoiou durante a desintoxicação, estava prestes a abandoná-lo na pior das condições em que um ser humano pode estar, e sem ela haveria chance de tudo terminar de outra forma.

46.

Eu fico imaginando o que Courtney Love pensou ao ler essas reportagens. Ao ouvir as especulações de que não havia digitais de Kurt Cobain na arma, ou de que a letra no bilhete de despedida não era dele, ou que o patrimônio do marido na época acrescido dos rendimentos futuros estava na casa das dezenas de milhões de dólares. Fico imaginando se ela viu o documentário de um cineasta que a acusa quase formalmente de assassinato. Se horas depois da morte ela já sabia que se tornaria parte da lenda, e pelo resto da vida ela não seria mais a filha do primeiro empresário do Grateful Dead, ou a garota de San Francisco que estudou na Europa, ou a cantora do Hole, ou a atriz de dois filmes de Milos Forman, ou qualquer coisa além da pessoa ligada a um gesto inexplicável que todo mundo achava que podia explicar.

47.

Eu imagino como Frances Bean leu as matérias anos depois, o que diziam do pai, o que diziam da mãe e o que diziam dela mesma. Imagino ela na escola. Numa festa em que começa a tocar uma música do Nirvana. Numa lanchonete com os amigos e alguém se aproxima e pergunta timidamente, você é mesmo quem estou pensando? E outra pessoa se aproxima timidamente e pergunta se ela sabia das disputas por sua guarda, o serviço de assistência a menores de Los Angeles, Kurt Cobain declarando numa entrevista que tinha pavor de que a vida da filha acabasse como a sua.

Eu imagino se ao dar o tiro Kurt Cobain não sabia disto, se nunca tinha ouvido falar no que acontece com os filhos de alguém que faz o que ele fez, ainda mais os filhos pequenos que nunca terão chance de conversar com o pai, ouvir as razões dele, acreditar nelas ou não dependendo da forma como ele argumenta, o tom, o olhar, o ambiente onde isso é dito e que ajuda a avaliar a sinceridade, um pai desmentindo as perguntas que qualquer criança se faz ao ser incluída numa história dessas sem pedir: se a vida que era insuportável para ele não era a vida que ele passou a levar depois e por causa do nascimento dela.

48.

Valéria tinha quatro anos quando a mãe morreu num desastre de carro. A primeira lembrança que se tem de uma pessoa pode ser uma imagem, um som. Para Valéria era um quarto rosa, um móbile ao lado da cama, a mãe ou o que ela sonhou que era a mãe segurando um livro e uma canção de ninar que durante muito tempo o pai seguiu botando na eletrola. Ela não foi ao enterro, e se tivesse ido não lembraria. Ela não guardou nenhum brinquedo, e se tivesse guardado não poderia dizer se e quando a mãe o comprou. Ela nunca mais leu aquele livro, nem ouviu aquele disco, e as roupas logo ficaram pequenas, e o pai e ela se mudaram do apartamento menos de dois anos depois.

A morte aconteceu numa noite que Valéria tentou reconstituir. Quantas vezes ela passou pelo trecho da Salvador França, um desvio que não chega a ser uma curva, o asfalto e o acostamento e uma árvore que continua lá até hoje, a posição do tronco e a grama que voltou a crescer e não é diferente da parte que nunca foi arrancada. Valéria passou anos tentando entender o que a mãe fazia na Salvador França, para onde ela estava indo, se ela percebeu o momento em que a velocidade e o atrito tornaram impossível outro desfecho que não bater de frente numa época em que não se usava cinto de segurança e o motor e a resistência da lataria de um Fusca estavam na parte traseira.

Durante muito tempo Valéria olhou para o céu e disse baixinho o nome da mãe. Na hora de dormir ela fechava os olhos, e era como se o nome fosse uma presença. No primeiro aniversário depois do acidente ela esperou até o fim porque tinha certeza de que a mãe viria. Ela não lembrava ou não sabia se a mãe era bem-humorada. Não lembrava ou não sabia se a mãe gostava de crianças. Não lembrava ou não sabia se a mãe também tinha o costume de chorar no escuro. Mas ela lembrava e sabia, porque o pai contou, numa das poucas vezes em que se dispôs a dar detalhes sobre a única mulher com quem foi casado, que tinha a voz igual à da mãe.

49.

Não sei se no meio de algum ensaio da banda Valéria parou para pensar que só estava ali porque algo sobreviveu àquela noite na Salvador França: o gosto pela música, o jeito de cantar e um traço de personalidade que pode ser talento ou destino. Aos sete anos ela ganhou do pai um disco do Black Sabbath. Numa linha entre as bandas dos anos 1970 e o que se ouvia em 1993 há tanta relação entre o Nirvana e o movimento punk, a velocidade e simplicidade dos arranjos, a postura e a rejeição ao sucesso que foram herdados pelo circuito universitário e independente, quanto com o primeiro heavy metal — a melodia, a dinâmica, o romantismo sem traço da ironia ou do tédio ou do senso de espetáculo do mainstream dos 1980.

Existem várias definições de romantismo, e boa parte inclui os conceitos de pureza e convicção, o anseio por um ideal que está além da banalidade ou desvirtuamento do tempo em que se vive, o que facilmente deságua em revolta e loucura. O pôster de Kurt Cobain na casa de Valéria era uma foto conhecida, ele em frente a uma placa com a inscrição *Acredita em Jesus Cristo e Serás Salvo*, e um possível sarcasmo na montagem só existe para quem não conhece a biografia do cantor: suas idas à igreja na juventude, seu interesse pela noção jainista de céu e inferno, seu discurso de lamento diante do mundo corrompido, as falas contra violência, sexismo e homofobia que eram uma espécie de crença por baixo de uma capa de niilismo e despretensão. Eu não sei o que mais atraiu Valéria na figura dele, o som que não precisava de justificativa, a barragem de ruído pop que podia ter feito do Nirvana um grupo de arena como qualquer outro, ou a encarnação precoce do mito também romântico que se consolidaria em abril de 1994.

50.

O primeiro show com Valéria nos vocais aconteceu meio ano antes do Hollywood Rock. Eu fiquei à esquerda no palco, uma noite em que outras quatro bandas tocaram em sequência para trinta drogados num lugar com poças no chão e a mesa de som com defeito. Não virei a guitarra para o amplificador por causa da microfonia, não testei os pedais antes dos primeiros acordes, seis músicas rápidas e o retorno atrasado num bolor uniforme de distorção, e mesmo assim a primeira fila e a segunda e quem mais estivesse lá não tirava os olhos dela.

Escrever música na guitarra não é difícil. É possível combinar acordes sobre ou subtocados ou usar pedais para que um dó não soe exatamente como dó, mas no geral a base é simples e as letras são concluídas em dez minutos com uma que outra alteração nos ensaios. As letras que fiz não eram muito diferentes das de qualquer compositor de dezoito anos, com o tema básico de sentir algo que você não consegue expressar, e que pode ou não ter ressonâncias políticas ou amorosas ou existenciais, mas o que diferencia tocar para esses trinta drogados ou ganhar três discos de platina como Kurt Cobain é a forma como isso tudo é dito, a sorte e a história pessoal de quem diz, a nacionalidade, a classe, a aparência, roupas e atitude, o talento que é tão aleatório quanto nascer loiro ou moreno, com a voz capaz de chegar ou não a determinada altura, ou determinada faixa de graves, a determinado grau de intensidade que sugere haver algo de escuro e bonito dentro de você.

Valéria gostava de perguntar o que eu faria se descobrisse que ela era doente. Não uma doença fácil de se solidarizar, uma artrose ou problema no coração que talvez nunca se manifestasse, mas um mal debilitante que exigisse comprometimento num futuro certo — ela dependendo de mim para tomar banho e trocar as fraldas por causa de uma esclerose múltipla, um Parkinson, um câncer. Ela dizia: você consegue me enxergar por trás da beleza? Você imagina como será quando eu ficar velha? Eu nunca saberei se a impressão que ela causava ao segurar o microfone estava ou não ligada a esse comportamento, o que era mais particular em Valéria, e de tudo o que vivi naqueles onze meses nada foi tão marcante quanto a dúvida sobre o que ela queria dizer de verdade: e se amanhã eu sofrer um acidente e ficar desfigurada? E se o meu corpo se tornar repulsivo? E se eu começar a cheirar mal, a apodrecer na sua frente? Alguém pode dizer que ama outra pessoa se não fizer esse teste?

51.

Crescer lendo sobre música é como autoajuda ao contrário. Valéria sabia do destino de todos aqueles heróis, Janis Joplin afogada numa banheira, o cadáver de Jimi Hendrix numa cama de hotel, a corda do varal que enforcou Ian Curtis, Sid Vicious e o pacto de morte com Nancy Spungen. Na fatalidade retrospectiva não seria difícil fazer uma relação entre essa imagem idealizada e o modo como ela passou a se comportar a partir do primeiro show, a expectativa em relação a mim, as perguntas que passaram a ter um sentido que não era mais o óbvio, e no início eu achava que era só uma piada recorrente. Valéria me fez jurar que cuidaria dela. E nunca faria mal a ela. E não iria embora mesmo se ela tivesse um surto repentino, se passasse o resto dos dias num hospício.

O que acontece quando não se consegue ver por trás da beleza? A expressão de Valéria ao dizer essas coisas talvez parecesse irônica ou graciosa porque eu estava como que hipnotizado, então eu ria e ela ria de volta e não importava que ela me fizesse descrever as visitas no hospício, os dias e horários, como era a triagem na entrada e como eu estaria vestido e se levaria presentes e se continuaria gostando dela quando os remédios a deixassem aérea e inchada, sem condições de acompanhar a conversa, e um dia eu chegasse lá e me informassem que ela tinha sido transferida de setor por um episódio envolvendo uma tesoura e um andar inteiro que por pouco não foi destruído pelo fogo.

Na noite em que nos conhecemos Valéria disse, olha que tem perigo de eu gostar, e se eu gostar você está pronto para ir até o final? Para dar adeus ao que foi a sua vida até agora? Você está pronto para entregar tudo o que tem, ela perguntava com os dentes brancos, os olhos que ficavam esverdeados na luz, o lábio superior, o lábio inferior, o nariz, o queixo, o pescoço, os braços, a cintura, as pernas, e na fatalidade retrospectiva eu só posso lamentar o que dá para reconstituir daquelas conversas externas, a descrição do cenário, as datas e os fatos objetivos, porque a sensação de estar preso ao poder que a presença física dela exercia é algo que hoje parece tão incompreensível, como quando você fala de si mesmo bebê e só tem como compreender esse bebê vendo-o de fora, usando instrumentos de alguém mais velho, uma outra pessoa na prática porque não é possível voltar a ser ingênuo depois que você deixa de ser.

52.

É possível que eu ainda fosse ingênuo na época do primeiro show da nossa banda. Havia mulheres na plateia, algumas dançando a dois metros do palco, e era novidade que elas olhassem também para mim depois de tantos anos sendo rechaçado por causa da roupa, da idade, do cabelo, do que eu dizia ou não dizia, do que fazia ou deixava de fazer em tantas noites em que saí de casa sabendo que seria ignorado ou desprezado, e é um choque porque basta ligar um plugue e tocar um riff de três cordas e ficar de pé por quarenta minutos sobre um palco para que o mundo vire do avesso.

Não sei se Valéria percebeu a mudança também, ou se para ela era natural que eu fosse procurado depois do show, e elogiado por tocar bem, e que isso se tornasse frequente a ponto de Valéria começar a se incomodar. Uma vez ela implicou porque a garçonete parecia ter sorrido para mim. Naquela noite ela bebeu mais que de costume. Eu tentei ignorar as acusações, ela ficou ainda mais incisiva, até que perdi a paciência e disse com licença e fui embora do restaurante, e duas horas depois o interfone toca e Valéria está cambaleando e gritando para todos os vizinhos como você tem coragem de fazer isso comigo.

Com Valéria aprendi a terminar uma discussão por cansaço, quatro da manhã e eu a levo para casa e a ponho na cama desmaiada e fico no escuro por muito tempo antes de fechar os olhos. Também aprendi que as coisas se acalmavam com alguns dias de distância, durante os quais eu discutia sozinho como se ela estivesse ouvindo e concordasse com todos os meus pontos de vista. Também aprendi que nenhum desses argumentos hipotéticos jamais seria entendido, porque a questão não era de lógica, um debate que deveria ser ganho de forma ponderada e racional, com os recursos da inteligência e da linguagem, e sim referente à pergunta: por que me submeter a isso tudo?

53.

Uma pergunta que também era: por que eu não consigo agir de outro modo? Desde o início do namoro era assim que funcionava, e é fácil repetir o enredo a cada noite em que o ar está fresco na saída do show, e naquela noite Valéria foi embora mais cedo dizendo para eu nunca mais procurá-la, e é a segunda vez que ela faz isso só naquela semana, e na saída há um táxi e alguém dentro pergunta se quero carona. Valéria não está à espreita, atrás de uma árvore como que para confirmar as acusações que agora se acostumou a fazer: o jeito como trato uma amiga, o jeito como olho uma promotora que distribui panfletos num semáforo, e então eu entro no táxi e sento no banco de trás e a moça diz que se chama Tati e desliza em minha direção.

54.

Eu aceito a carona de Tati, mas recuso a investida. Eu recuso outras investidas dela, uma vez por telefone, outra num bar até onde ela parece ter me seguido, até que um dia estou numa festa e entro num banheiro que esqueceram de trancar, e Tati está cheirando pó e diz que surpresa agradável, fique à vontade, e eu baixo a calça e enquanto ela se debruça na pia eu olho para o espelho, o homem da guitarra, à esquerda no palco, e Valéria está na mesma festa e eu não penso se alguém me viu abrir a porta e ficar tanto tempo sem sair.

A fatalidade retrospectiva diz que eu talvez pudesse prever os passos seguintes, porque Valéria teve relacionamentos antes e eu talvez devesse saber algo a respeito, como foi o início e o fim, a opinião dos ex-namorados, o que eles teriam a relatar caso eu fizesse um apelo dizendo que saber do passado dela era essencial para não cair na armadilha. Então eu poderia ter mais cuidado, porque não tinha experiência alguma de dissimulação, habilidade alguma para mentir aos dezoito anos, e foi questão de tempo para que eu mesmo me traísse por burrice ou nervosismo ou culpa na festa em que Valéria bateu à porta do banheiro e bateu de novo até que abri e não havia mais o que dizer.

Se na época eu conhecesse algum dos ex-namorados de Valéria, poderia ter sido alertado sobre os desdobramentos daquela cena: eu na porta do banheiro, Tati atrás, e Valéria olha para mim e para Tati e quando acho que algo será dito ela dá as costas e vai embora da festa. Eu só a encontro uma semana depois. Uma visita minha à casa dela. Nós dois sentados na cama. É a primeira vez que peço desculpas por algo desse tipo, a etiqueta da culpa e da humildade aos dezoito anos, e de que maneira avaliar a forma como Valéria recebe esse pedido, o que ela pensa da pessoa que está na frente dela e relata os detalhes do que aconteceu no banheiro?

55.

Aos dezoito anos não dá para imaginar que essa é a verdadeira armadilha. Que pode haver algo por trás do que parece ser um traço generoso, a primeira namorada que pede seja honesto comigo, diga a verdade porque senão eu vou perceber, é mais fácil eu perdoar você se souber como foi. Então eu conto sobre a porta aberta, o balcão da pia, a cara de Tati olhando no espelho. Valéria pergunta se eu gostei ou não, se faria aquilo de novo, e eu falo e ela ouve e chega a parecer que as coisas se resolveram até que eu começo a conhecê-la de verdade.

56.

Há uma ambiguidade na forma como se lida hoje com o tema da doença. Ao mesmo tempo em que se fala das vantagens de ter uma vida saudável, o que inclui alimentação, exercício físico, restrição de tabaco, um padrão estético e de comportamento martelado por publicidade, TV e campanhas governamentais, existe um glamour em torno das neuroses. Difícil achar um filme hollywoodiano cujo herói tenha comportamento convencional. Nada é mais popular em redes sociais do que parecer inconformado, excessivo, imprevisível, uma forma mais modesta do clichê que vê na genialidade um prolongamento da loucura. Quando Kurt Cobain morreu, não houve obituário que não associasse o suicídio a uma espécie de alma artística e sensível, indefesa diante de um mundo não artístico e não sensível, que o fez *se dilacerar até encontrar lá dentro um vocabulário que pudesse dizer o que realmente queria*. Ninguém publicaria um trecho assim, e foi um entre dezenas, escritos por solitários que jantam comida congelada num quarto e sala e gostam de mostrar ao público o quanto conhecem da dura vida das celebridades, se a morte fosse por infarto ou apendicite, AVC ou toxoplasmose. Nenhum ídolo da música chega ao pico de popularidade e interesse como o que conscientemente procura o fim. Nenhuma relação amorosa parece ser verdadeira se não tiver uma dose de intensidade, caos e destruição mútua, e até hoje me pergunto o que teria escolhido se existisse esta opção — doença física ou mental, ambas com a mesma gravidade e surgidas na mesma época, as consequências visíveis e invisíveis pelo resto dos anos, tanto no caso de Valéria quanto no meu.

57.

Valéria teve alguns namorados antes de mim, mas apenas um sério. O nome dele era Alexandre, e se eu o tivesse conhecido na época do bar da Independência não teria sido uma surpresa, ou a confirmação de uma vaga desconfiança, o que descobri de fato só depois do episódio de Tati. Menos de uma semana após eu confessar tudo estávamos num bar, Valéria falou de perto com todos os homens presentes, segurou no braço de alguns deles, e dali para a frente ela não perdeu a chance de comentar que tinha sido assediada no ônibus, numa loja de roupas, no meio da rua.

Na fatalidade retrospectiva eu não saberia o que veio antes, o comportamento ou as perguntas de Valéria que passaram a soar de outra forma, ela querendo saber se é possível não passar por essa prova. Se é possível gostar de alguém sem conhecer o seu pior. Sem ser machucado pelo outro, destruído junto com ele, e eu não entendi o que ela queria dizer até se tornarem frequentes os relatos sobre como tinha aceitado o convite de alguém para tomar uma cerveja, como foi à casa dessa pessoa depois, e essa pessoa sentou ao lado dela num sofá, serviu mais um pouco de bebida, e os relatos sempre acabavam pela metade porque ela queria que eu perguntasse o que havia acontecido afinal e eu não perguntava e na semana seguinte ela voltava com um enredo que ia um pouco adiante, os dois levantando do sofá, o corredor, o quarto, um abajur ao lado da cama, e eu não sabia se era verdade ou não e procurei não pensar nisso até que Unha surgiu como personagem.

A única coisa que guardei de Valéria foi um cartão-postal enviado de São Paulo. É uma foto do viaduto do Chá, no verso há meu nome e endereço e o carimbo de uma agência onde ela esteve na sexta-feira. Por correio comum seriam três dias úteis até o postal chegar a Porto Alegre. Eu receberia na quarta ou quinta seguintes, depois que o porteiro deixasse no vão da porta, correndo o risco de alguém ler primeiro, meu pai, minha mãe, mas Valéria não quis confiar no correio comum para finalmente ter a minha reação. Por que ela imaginou que não nos encontraríamos antes de eu ler a mensagem? Que eu não poderia mudar de ideia e ir a São Paulo na sexta? Que eu não daria um jeito de me livrar de Diogo, do tenente, da cadeia, do exército, de Porto Alegre e de tudo o que conspirava para que Unha estivesse a sós com ela no momento em que Kurt Cobain subiu ao palco?

58.

A mãe de Valéria morreu quando ela tinha quatro anos. Na única conversa que teve com o pai a respeito, ele contou que houve uma briga naquela noite, mais uma das discussões que Valéria não lembra de ter presenciado, os pedaços de informação que juntou para montar a cena como quis, a mãe pegando a chave do carro e o pai tentando impedi-la porque estava chovendo e ela parecia mais nervosa que de costume.

Por muito tempo Valéria se esforçou para não pensar em nada antes de dormir. Não é fácil porque o contorno de uma poltrona e a cortina iluminada pelas frestas da veneziana a faziam enxergar o capô de um carro, e o resto era a fala de uma tia que visitou o pai depois do enterro, e enquanto o pai foi à cozinha buscar uma jarra de suco essa tia comentou com o marido que no acidente a mãe de Valéria foi partida ao meio. *Partida ao meio*, e então você fecha os olhos e o capô ainda está lá, o barulho, o fogo, o braço da mãe puxado como se puxa uma boneca que alguém pisou muitas vezes em cima.

Algumas noites não terminam nunca quando você pensa no que leva alguém a dirigir tão rápido na chuva, as pernas esmagadas e essa pessoa entre os ferros, e as chamas são a última coisa vista por essa pessoa antes de ficar tudo escuro. Valéria nunca conseguiu dizer se a raiva que tinha da mãe era só egoísmo, se ela tinha direito de querer que a mãe estivesse viva apesar do que o pai contou naquela conversa, a depressão e os remédios e duas ameaças anteriores de fazer uma besteira, o pai ouvindo os pneus do carro dois andares abaixo pouco depois de ela bater a porta do apartamento naquela noite de chuva, ou se era decepção porque a mãe não pensou nela durante o trajeto até a Salvador França, quantos semáforos em que teve de esperar, quantas retas e curvas em que ela poderia ter lembrado de Valéria dormindo ou indo até a porta do quarto espiar o pai e o que estava acontecendo depois de tanto barulho, quatro anos de idade e Valéria é incapaz de dizer qualquer coisa sobre aquela noite porque tudo foi bloqueado na repetição das perguntas, por que a mãe tomou essa decisão, por que ela não apertou o freio, por que ela decidiu acelerar em direção à árvore e me deixar sozinha aqui.

59.

É preciso alguma coragem para se machucar de propósito. Algumas pessoas passam a vida toda sem conseguir aplicar uma injeção em si mesmas. Não é qualquer um que tira um espinho usando a ponta de um canivete. É mais fácil pensar em tomar um frasco inteiro de remédios e dormir para sempre sem sentir nada do que bater uma porta no dedo indicador. Em abstrato é possível decidir qualquer coisa, a bala que rasga a carne, a corda que aperta o pescoço, o estômago queimando por causa do veneno, os ossos esmagados quando se pula da janela. O problema é quando se está numa cama depois de um acidente com um carro de bombeiros e durante boa parte do dia se pensa como seria decidir ir até o fim. Que método seria mais rápido, mais seguro. Quantos dias depois de receber a notícia sobre a cadeira de rodas. Faria diferença esperar mais uma semana, durante a qual eu faria exatamente o quê? Comer algo que tivesse vontade? Escrever um bilhete como Kurt Cobain?

60.

Será comum pensar esse tipo de coisa quando se tem mais de dezoito anos? Kurt Cobain tinha vinte e sete em abril de 1994. Immaculée Ilibagiza, vinte e dois. Não sei se é algo que já nasce com a pessoa, um gene defeituoso que de tempos em tempos faz o cérebro se voltar contra si mesmo, ou se é algo que pode atingir qualquer um por fatores ambientais, e uma desilusão amorosa simples ou o exemplo de um ídolo ou de uma pessoa próxima faz você desmentir o instinto natural da espécie. De qualquer forma, é mais comum fazer a simulação quando se é jovem. Com os anos esse raciocínio começa a parecer bobagem, o sintoma de quem ainda não viveu de verdade, de quem não aprendeu a sofrer e cair e recomeçar, algo que acontece todos os dias e com todo mundo, mas até então sempre há o conforto de imaginar que só depende de você.

61.

Na manhã em que voltei a ficar de pé minha mãe entrou no quarto pouco antes do almoço. Ela tinha ido ao médico, ele mostrou a segunda radiografia da vértebra e disse que eu poderia caminhar imediatamente. Foi como se eu não tivesse passado os cinquenta dias imóvel: primeiro levantar o tronco, só a cabeça por alguns minutos para não haver tontura, depois um pouco sentado e as pernas para fora da cama. Lembro que fiquei espantado com a memória dos movimentos, o corpo que obedece aos comandos sem hesitar, a mecânica e o equilíbrio tão fáceis para quem teve a sorte de ter dois milímetros a menos de lesão no osso próximo à medula.

O tenente Pires me visitou durante a recuperação. Antes de falar comigo ele perguntou à minha mãe se eu estava me alimentando, dormindo, de bom humor. O importante é manter a cabeça boa, ele disse, e ao ficarmos sozinhos entregou uma Bíblia com várias páginas marcadas. Eclesiastes 1,18: o que aumenta em conhecimento aumenta em dor. 1º Crônicas 22,14: na minha aflição preparei cem mil talentos de ouro. Era a primeira vez que falávamos de religião desde que parei de frequentar o grupo das onze horas: eu sei que você tem resistência, mas este é o momento de refletir sobre isso. Não estou dando nenhum conselho, ele disse, apenas tente ler uma passagem ou duas antes de dormir.

62.

A última vez que frequentei o grupo das onze horas foi na manhã seguinte à primeira guarda, quando eu ainda não tinha tomado minha decisão. Diogo seria convocado para depor na sequência. Minha dúvida não era apenas se o tenente era mesmo tão estúpido, se nem ele perceberia que Diogo não tinha motivo para mentir e que ninguém inventa do nada uma história como aquela. Minha dúvida não era apenas porque Diogo passaria trinta dias preso, dizendo que eu havia mentido, e nada o impedia de inventar que eu o dedurei para o sargento gordo, e o resto do ano eu seria odiado por cada um dos duzentos alunos num lugar onde isso é o pior que pode acontecer. Minha dúvida não era apenas porque Diogo não tinha nada a perder, e bastava eu abrir a boca e mencionar a hipótese de confrontá-lo para que ele partisse para cima de mim, e eu me defendesse, e de qualquer forma os dois seriam detidos por causa da briga antes de conseguir explicar quem provocou quem.

A reunião do grupo espiritual terminou ao meio-dia, mais meia dúzia de provérbios e passagens simbólicas que o tenente Pires não conseguia entender de forma não literal, e minha dúvida não era apenas o que aconteceria se eu levantasse e por sorte não cruzasse com Diogo, se houvesse tempo de pegar a mochila e botar a farda de passeio e me apresentar no portão junto com o quartel inteiro. O que aconteceria se eu passasse pelo sentinela, no horário normal do meio expediente da sexta? O que aconteceria se eu fosse para casa e pegasse minhas coisas e antes das quatro estivesse no aeroporto antecipando a passagem? Só dependia de mim, e segunda eu estaria de volta e enfrentaria ou não as consequências de ter ido embora, um gesto que tecnicamente não era uma fuga, uma época em que não havia celulares e era razoável que eu viajasse num fim de semana porque não tinha sido informado de que estava envolvido numa sindicância disciplinar.

63.

Minha dúvida não era nada disso, e sim em relação a Valéria. Quando o primeiro show da banda terminou, o dono do bar nos convidou para repetir a dose na semana seguinte. Depois, quis que tocássemos no clube de um amigo em São Leopoldo. Passamos a ser escalados para um show atrás do outro, e eu tinha certeza de que isso se devia a um só motivo, a cantora-revelação segundo o comentário de um produtor, o sujeito que propôs uma turnê pela Serra e depois Cachoeira e Passo Fundo e quem sabe um disco pela gravadora que dizia representar.

Não contei a ninguém no CPOR que tinha uma banda. Na época era caro gravar uma simples música de trabalho, não era comum dar entrevistas e produzir um clipe em tão pouco tempo de carreira. É improvável que algum aluno tenha visto uma de nossas apresentações e me reconhecido. De qualquer forma, a entrada no quartel dificultava o plano de viajar ou alugar um estúdio, de investir em algo que poderia ou não mudar o futuro de todos caso eu mantivesse uma relação tranquila com Valéria.

Depois do episódio de Tati, Valéria passou a me acusar de estar com ela apenas por causa da banda. É muito conveniente para você, ela dizia. Basta fingir que se importa. Basta mentir e eu faço o que você manda. Quer um número de música? Que eu dance também? Aí você me apresenta como seu animal de estimação. E olha para todas as mulheres que passam na sua frente. E convida todas para um encontro particular, não é mesmo? Aí você tranca a porta do banheiro. Como você faz, é só abrir o zíper e mandar elas se abaixarem? Você não diz nem por favor? Nem obrigado depois?

64.

O primeiro encontro com o produtor foi no escritório dele. Na verdade, era um depósito nos fundos de uma ferragem, um lugar cheio de bobinas com uma mesa de fórmica e uma térmica de café vencido, e claro que não demorou para Valéria dizer que o produtor a chamou para uma cerveja em particular. E encostou a perna nela antes mesmo de iniciar a conversa. E ela afastou a perna, e o produtor encostou de novo, e foi essa história que finalmente fez com que eu tomasse uma atitude.

Aconteceu num ensaio dez dias antes do show do Nirvana. Foi um dos poucos encontros da banda em 1993, porque na primeira semana de janeiro eu já estava no CPOR e demorou até que arrumasse tempo e disposição num período em que tudo o que queria era dormir. Durante o sono eu esquecia de Kurt Cobain, do tenente Pires, das brigas com Valéria e da dúvida que sempre tive, antes mesmo do episódio de Tati, e eu poderia até dizer que o episódio de Tati foi uma reação a isso, e não era possível que eu não percebesse desde o início, eu ouvindo em silêncio, assistindo ao teatrinho da minha primeira namorada desde o dia em que a apresentei para Unha.

65.

Desde o início do namoro eu reparava na maneira como Unha se dirigia a Valéria. Logo alguém comentou que tinha visto os dois numa festa. Uma vez ela estava sentada entre mim e ele e houve um momento em que segurou a mão dele e ele não afastou a mão, e aquilo durou um segundo a mais que o necessário, ou uma fração de segundo, e as histórias de assédio de Valéria se misturavam a essa desconfiança e ela deve ter percebido porque logo passou a fazer questão de mencionar o nome dele.

Eu nunca disse a Valéria que o episódio de Tati era como uma resposta. Que ao entrar no banheiro com Tati era em Valéria e Unha que eu estava pensando, porque se ela podia fazer comigo eu também podia fazer com ela. É tão penoso saber que você está preso a isso, eu hipnotizado por Valéria e Valéria se aproveitando disso, eu cansado de estar nas mãos dela e ser humilhado a cada vez que ela comentava o quanto Unha era sensível, dedicado, talentoso.

Eu nunca mais vi Tati depois de ser pego com ela no banheiro. Eu não cheguei nem a completar o que deveria ter feito com ela, porque tinha bebido e o banheiro era apertado e a minha cara no espelho começou a parecer estranha na luz branca, um tanto deformada, um tanto triste, e basta reparar nisso para que a empolgação dê lugar a algo próximo ao horror, e você pede desculpas e veste a calça e quando se prepara para ir embora sem nem lavar as mãos ouve os gritos e batidas de Valéria na porta.

66.

O ensaio em que finalmente tomei uma atitude começou como um teste de Valéria. Ela passou o tempo todo olhando para Unha. Ela cantou todas as músicas virada para ele, era uma tarde quente, ela tinha bebido uma garrafa de vinho branco e começou a perguntar a ele sobre o produtor. O que ele faria se a namorada tivesse sido assediada. Se ele continuaria encontrando o produtor. Você trocaria a sua namorada por uma turnê? Quanto custa para gravar um disco? Você diria que é um bom preço por alguém como eu?

Imagino que Alexandre, o primeiro namorado de Valéria, tenha tido namoradas depois dela. E tenha sido abandonado por algumas. E tenha abandonado algumas também. E essas moças tenham tido namorados, e os tenham abandonado e sido abandonadas por eles, e a soma de tantos abandonos tenha criado uma etiqueta baseada na experiência. Imagino que as coisas tenham se tornado mais leves, nem que seja por estatística, e a cada dez ou vinte ou cinquenta desfechos a chance de algum se tornar como o de Alexandre e Valéria tenha diminuído porque o normal não é você passar por isso repetidamente.

Se eu tivesse conversado com Alexandre logo ao conhecer Valéria, talvez o desfecho pudesse ser outro. E no ensaio eu não teria pensado em Unha, no produtor, na veracidade ou não das histórias de Valéria, a gota d'água depois de semanas me segurando para não ceder a um impulso que independia do futuro da banda: o microfone estava ligado, Valéria seguia me provocando, eu dei as costas e quando estava abrindo a porta para ir embora ouvi o estrondo, um chute no pedestal e a garrafa de vinho espatifada na parede próxima de mim, e eu disse que merda é esta e Unha disse calma e Valéria disse calma porra nenhuma, e eu fui até lá e Unha se meteu na frente e eu dei um soco nele que não pegou direito, então outro soco que pegou na orelha, e um terceiro, e quando sentei na calçada em frente ao estúdio a pressão baixou e todo mundo tinha ido embora e parecia que eu ia vomitar de raiva.

67.

Se eu tivesse conversado com Alexandre antes, talvez pudesse prever a reação de Valéria à briga. O que significaria para ela eu sentado na calçada depois do ensaio, em seguida deitado, o calor, as pernas dobradas para o sangue retomar o fluxo e eu levantar e caminhar para casa sabendo que algo havia mudado para sempre. Uma banda termina de muitas maneiras e por muitos motivos, e embora não houvesse como voltar atrás àquela altura, o disco que nunca gravamos, os shows que nunca mais fizemos, o produtor de quem nunca mais ouvi falar, a memória que se perdeu entre os que me conheciam na Porto Alegre de duas décadas antes — embora a sorte da banda estivesse selada naquela briga, em relação a Valéria poderia ter sido diferente.

Talvez Valéria estivesse esperando por aquela briga. Talvez fosse o que ela pedia há semanas, desde o episódio de Tati, um longo intervalo entre minha declaração envergonhada de arrependimento e os socos em Unha. Ou talvez fosse preciso mais, e eu deveria fugir do quartel na sexta-feira como uma segunda prova, aceitando ser preso quando voltasse porque os quatro soldos para silenciar Diogo eram o dinheiro que eu havia usado na passagem, no ingresso do Nirvana, o que tinha separado para transporte, comida e demais despesas em São Paulo. Talvez o ciclo não se encerrasse na segunda conversa que tive com Valéria, depois do último ensaio, o encontro final antes de ela embarcar para São Paulo, a pergunta que dessa vez ela fez sem raiva, sem mágoa, sem intenção de vingança como ela teve na conversa anterior sobre Tati.

Valéria perguntou se eu queria ficar com ela de verdade, e em todos os namoros que tive depois eu pensei nesta resposta: se é possível não confundir a pena de se separar de alguém, a tristeza porque nunca mais se verá a pessoa, a solidão passados três dias, um mês, vinte anos, com a única coisa que deveria contar nesses casos. Eu não sei se alguém chega a esquecer a primeira vez que isso acontece. Ou a primeira vez que percebe que basta um gesto para tornar inevitável o desfecho, uma palavra num diálogo de poucos minutos que acumula na memória o que se sabe da pessoa: a aparência de Valéria sempre seria a daquela conversa, ela de camiseta e brinco, o perfume dela quando me abraçou depois de dizer que não importavam os socos, a briga, as minhas atitudes nas semanas anteriores, o que ela tinha feito ou deixado de fazer para que a situação chegasse àquele ponto, e ela pedia desculpas e entendia que eu também estava arrependido, e eu só não iria para São Paulo se não quisesse, se fosse orgulhoso demais, se fosse covarde para admitir que queria o mesmo que ela, e era só eu dizer isso que ela mandaria Unha à merda e viajaria comigo e começaríamos de novo agora de verdade.

A NÃO SER QUE SEJA SOBRE MIM

68.

Quando o tenente Pires apareceu no hospital, os resultados da ressonância e da tomografia já haviam ficado prontos. Por saber que eu ficaria bom, o tom dele não era de compaixão ou constrangimento ao contar que havia sido convertido dois anos antes de entrar na Academia das Agulhas Negras. O batizado aconteceu num riacho. Um pastor de óculos e roupa branca disse Jesus virá das nuvens com seu poder e glória, e o tenente respondeu amém. O pastor disse o irmão está disposto a obedecer ao Santo Ministério, e o tenente respondeu amém. O pastor fez o tenente submergir de costas enquanto dizia é da Lei escrita no teu coração, se o caminho é estreito a porta também é, aceita a pureza das águas e ao findar o Percurso no céu estarás.

69.

O tenente tinha vinte e sete anos em 1993. Era casado e tinha um filho que estava aprendendo a falar. Antes de conhecer a mulher, ele esteve perto de largar os estudos. Aos quinze anos o pai o encontrou tomando cerveja num bar perto de onde os dois moravam, num subúrbio de Vitória. O bar tinha mesa de sinuca e um cego que recolhia as apostas. O pai bateu no tenente com cinta e cabo de vassoura, filho meu não vira drogado nem cachaceiro, não vira ladrão nem anda com puta, e após dez dias de castigo o filho foi mandado para a casa de um parente na Bahia.

Dos dezesseis aos dezoito anos, sem o pai por perto, sem saber o que faria da vida, o tenente quase se perdeu por causa da Garrafa. Ele acabaria como mendigo se não procurasse o Esteio. Números 6,3, Oseias 4,11, e o tenente explicou que às vezes é preciso reconhecer os sinais: se não tivesse conhecido a mulher, ele nunca teria encontrado o Caminho. Nunca teria voltado aos estudos. A mulher frequentava a Igreja da Plenitude do Trono de Deus e garantiu que ele passasse aquele tempo cuidado, alimentado e com força moral para enfrentar a prova da Academia, e os quatro anos que passou em Resende aprendendo a dizer sim senhor com a espinha ereta porque é isso que ensina a ser um bom comandante não se perderam na indolência e no vício.

O tenente veio ao hospital para falar sobre a sindicância aberta nos bombeiros. A praxe é que o oficial responsável pelo pelotão do aluno envolvido no acidente seja comunicado dos detalhes. O soldado que dirigia o caminhão descreveu o momento em que atravessei o semáforo, a posição do carro e a forma como fui retirado e levado na ambulância. Ninguém ficou ferido além de mim. Não houve omissão de socorro. O seguro pagaria os danos no carro e no caminhão, e confirmei a versão de que eu estava bêbado no momento da batida.

70.

Eu bebo e dirijo desde que tirei carteira. Em Porto Alegre era comum se fazer o circuito Vinte e Quatro de Outubro, Independência, Osvaldo Aranha, Centro e Zona Sul parando em um bar a cada ponto. Era comum ir para alguma cidade vizinha, Canoas ou Novo Hamburgo, e pegar a estrada na volta tendo vomitado e adormecido em algum degrau ou sarjeta. Uma vez fui a Caxias, num casamento que terminou por volta de cinco da manhã, e retornei sozinho depois de misturar champanhe, uísque e cocaína.

Há toda uma praxe de segurança quando se dirige bêbado. Você diminui e dá luz alta em todos os cruzamentos, mesmo quando o sinal está aberto, e mantém a consciência de que a naturalidade de cada manobra está um pouco abaixo do seu instinto, de forma que a velocidade pareça lenta, os espaços folgados, o som do toca-fitas num volume alto demais, os carros e pedestres numa distância excessiva, mas claro que isso não vale como argumento. Claro que as experiências sobre reflexos alterados são científicas. No hospital eu conversei com o tenente sabendo que ele sabia das caipirinhas que tomei aquela noite, e já tinha visto uma quantidade massiva de reportagens sobre acidentes, as campanhas do Detran, a história das famílias das vítimas, de quem teve de cuidar para sempre de um inválido, alguém que por azar estava numa faixa de segurança por onde passou um irresponsável, e eu sabia que o tenente sabia que o risco de estragar a minha vida e a dos outros não deixava de ser uma escolha.

71.

É assim que funciona? Eu passei o tempo todo no quartel cumprindo tarefas que não queria, sendo mandado por quem desprezava, em razão de metas sem nenhum sentido, um regime de escravidão que foi instituído de maneira gratuita, e em algum momento das guardas com três turnos de duas horas em que eu montava sentinela sozinho no escuro eu olhei para o fuzil e pensei que seria tão fácil e rápido, um carregador com seis projéteis à minha disposição, cada um capaz de jogar a metros de distância os miolos de um homem adulto?

No direito existe o dolo eventual, o ato de conscientemente assumir o risco de cometer um crime por meio de uma conduta de imprudência, negligência ou imperícia. É o caso de quem dirige bêbado, e fico pensando se o motorista também não faz uma espécie de pacto na primeira dose de caipirinha ou se pensa apenas no limão e no açúcar e na sensação de leveza e depois euforia tão rara num ano em que tudo deu errado desde o início. Duas décadas depois, com as memórias embaralhadas pela consciência do que aconteceu, a culpa e o alívio de ser tudo apenas um capítulo do passado, a vaidade de querer integrar uma trama heroica de sobrevivência, na qual se podem incluir as drogas e os esportes perigosos e as viagens para lugares ermos onde pode haver um animal selvagem ou um psicopata, o assalto que se pode sofrer e as doenças possíveis quando você fuma e come gordura e trepa sem camisinha, e eu poderia garantir que era nisso que pensava ou era isso que pretendia ou era essa a possibilidade que estava no horizonte ao pedir a segunda dose e a terceira e a quarta e a quinta e a sexta?

Nos vinte anos posteriores a 1993 eu eventualmente detestei o trabalho, os relacionamentos que não deram certo, e também me senti triste e exausto, doente e vencido, e poderia listar dez ou vinte ou noventa situações em que é tentador pensar que tudo acabou por antecipação, portanto não há mais dor e problemas e estamos apenas cumprindo os últimos atos de uma pantomima comandada por um titereiro que gosta de brincar. É verdade que nem todo mundo nasce com o gene defeituoso que permite ir além desse instante de devaneio, e na sequência você termina o expediente ou o namoro ou o que for preciso, uma pessoa como qualquer outra, achando bom caminhar depois da chuva e sentir o cheiro de grama e tomar sopa e dormir bem quentinho debaixo de um cobertor no dia do aniversário, mas o fato é que esse instante existe e ele pode ser decisivo para a sorte de quem nasce destinado a se confrontar com ele, e é por isso que em quarenta anos de vida analisada a única passagem que permanece numa zona de sombras é o período próximo do show do Nirvana.

72.

O bilhete que Kurt Cobain deixou foi escrito em tinta vermelha, era destinado a um amigo imaginário de infância e terminava com uma citação de Neil Young: é melhor queimar do que apagar aos poucos. A edição brasileira das memórias de Immaculée Ilibagiza tem capa cinza e uma foto dela com um pássaro ao fundo, e a penúltima frase de suas mais de trezentas páginas é: acredito que podemos curar Ruanda — e o nosso mundo — curando nossos corações um a um.

O fato de Kurt Cobain ter se tornado tão influente e respeitado, a despeito de sua insensibilidade, que menciona a tristeza futura da filha sem considerar que a causa será a mesma que motivou aquele bilhete, enquanto Immaculée só é ouvida por freiras e estudantes carolas como as que estavam na palestra da PUC, apesar da generosidade de sua proposta, se deve apenas à condição dele de celebridade da música? E se a suicida fosse ela e o teor das frases se invertesse, Immaculée apelando para uma causa romântica e não à própria desistência, Kurt Cobain pregando a solidariedade por meio de uma prosa vizinha da autoajuda, a história poderia ser outra?

O que a aparência, a sintaxe e o estilo de um texto diz sobre quem o escreveu? O postal que recebi de Valéria tinha fundo branco, uma letra miúda de esferográfica e apenas uma citação de *Drain you*: oito versos curtos numa tradução que não é precisa, uma cadência que em português soa um tanto dura, e toda vez que alguém fala das mensagens por trás das letras de Kurt Cobain minha vontade é perguntar se essa pessoa entende o que elas dizem de fato, se tem ideia do contexto em que aquilo foi escrito, os episódios e referências e piadas internas que unem fragmentos um pouco acima do lugar-comum, uma logorreia de banalidades que só ganharam significado amplo porque acompanhadas pelo apelo emocional direto da música, um cantor famoso e viciado de Aberdeen que seria só um cantor famoso e viciado de Aberdeen se em 1993 não tivesse a história unida a alguém de Porto Alegre que entendeu errado aquilo tudo.

73.

Há personagens bíblicos que cometeram suicídio: Abimeleque, Saul, Aitofel, Zinri, Judas, talvez Sansão. O tenente Pires conhecia mais o Novo Testamento que o Velho, e mesmo assim era pouco para quem passou anos dedicado a um único livro, então quando ele fez a visita ao hospital era eu que poderia dizer algo sobre o tema: a interpretação mais moderna do Evangelho, o pecado de tirar de si mesmo o maior dos dons em conflito com a garantia de vida eterna ao aceitarmos Cristo. Eu poderia continuar usando a linguagem que distraía o tenente, as expressões que havia aprendido nos últimos meses, o *templo da carne*, o *salário do pecado*, o *lago de fogo*, e que me divertiram até eu perceber que aquilo não fazia mais sentido. Eu estava numa cama vestindo um colete ortopédico, uma enfermeira me limpava a bunda todos os dias, e qual a minha autoridade para fazer os outros de idiota? Como eu iria me botar acima deles? O teatro que fiz nas reuniões das onze horas até a véspera do show do Nirvana, sem nunca ter acreditado na Bíblia, na Igreja da Plenitude, nos profetas, em Jesus Cristo, em Deus ou em qualquer outra coisa senão em mim mesmo, soava tão ridículo agora quanto tentar esconder essa condição — quem eu era naquele hospital, o que havia acontecido naquele ano.

Sempre que ouço a narrativa de crentes, há um momento em que eles dizem ter chegado ao fundo do poço. É quando algo faz com que você confesse. Com que aceite de joelhos a revelação, a fé, uma nova vida ou o nome que se dá a isso. Eu não poderia dizer que foi assim no hospital, porque é menos desespero do que tédio o que há entre os horários das refeições, da coleta de sangue, da televisão em miniatura que eu nunca liguei. O que me motivou tampouco foi um milagre, mas quando ouvi o relato do tenente sobre a conversão, ele explicando como foi bom ter sido salvo, como era bom estar vivo e perceber a beleza das coisas, até esta parede branca, até estas flores de plástico, e mesmo a dor da sala de cirurgia e da UTI e do isolamento são sinais da vida que tenta se manter até o último suspiro — quando ouvi o relato me deu uma espécie de cansaço, uma desistência misturada com a angústia de meses, o tenente ao lado da cama, a última vez que nos encontramos, a despedida porque eu sabia que não voltaria ao quartel depois do acidente, e não seríamos amigos depois de tudo, e apesar de tudo ele era a pessoa mais próxima de entender o que eu estava passando, e eu não tinha mais nada a perder de qualquer forma, então eu olhei para o tenente e pela primeira vez contei a história completa de Valéria.

74.

A segunda vez que contei a história completa foi num encontro com Alexandre. Decidi procurá-lo depois que me recuperei do acidente. Não foi difícil: eu sabia o nome completo dele e que ele estudava na UFRGS. É estranho dar o telefonema, se apresentar, dizer que gostaria de encontrar o sujeito e conversar sobre uma ex-namorada que ele só podia querer esquecer. Valéria tinha dezesseis anos quando os dois se viram pela última vez, e também por isso meu encontro com ele parecia atrasado, meses depois do show do Nirvana e minha primeira pergunta foi sobre o motivo do fim do namoro, eu preciso de alguns detalhes, desculpe, e ele sabia que eu sabia que a resposta só pioraria a situação.

Aos dezesseis anos Valéria olhou para o azul de uma veia do pulso. Ela estava no banheiro, na casa de Alexandre, segurando uma faca de cozinha. Imagino a água quente correndo na pia, ela pensando no que aconteceria se fizesse um pequeno corte, meio centímetro ou um pouco mais de pressão, a pele que se dobra para dentro e quanto tempo até o vermelho surgir atrás do vapor opaco, uma nuvem sem forma que se expande devagar e para todos os lados como prova de que há algo vivo dentro de você.

É fácil olhar para a história de Valéria como um espelho da história da mãe, como se não houvesse autonomia para fugir de um enredo escrito pelo manual de psicologia mais rasteiro. Alexandre contou o que aconteceu pouco antes de ela entrar no banheiro, a conversa em que ele disse que se sentia preso, que não fazia sentido continuar o namoro, que precisava ser honesto porque ela era tão especial. O primeiro beijo de Valéria foi em Alexandre. A primeira vez que ela foi para a cama foi com ele. A primeira grande decepção que ela teve depois da morte da mãe aconteceu naquele dia. O banheiro ficava no segundo andar da casa dos pais dele, e por algum motivo que Alexandre não lembra Valéria não foi embora depois da conversa. Por algum motivo ele não viu nada de errado quando ela disse que precisava lavar o rosto. Por algum motivo ele deixou que ela trancasse a porta do banheiro, ficasse lá dentro por um tempo que pareceu absurdo, o gesto de encher a pia e deixar as mãos ali por alguns minutos, então ele bateu na porta e chamou algumas vezes. Não foi preciso arrombar porque a casa tinha uma chave mestra que abria todos os cômodos. Quando ele entrou Valéria estava no chão, consciente, mas olhava para ele como se não o reconhecesse.

75.

Os pais de Alexandre não estavam em casa. Ele chamou uma ambulância e nem precisou carregar Valéria. Ela não chorou nem resistiu ao deitar na maca. O incidente não chegou a ser grave porque o corte foi perpendicular à veia, e não paralelo. Valéria não deu nenhum indício de que poderia fazer aquilo, ao menos que Alexandre tenha reparado, nada além do choro e do silêncio depois que ela se acalmou, nada além do que qualquer menina de dezesseis anos é capaz depois de um fim de namoro. Só me resta imaginar o que ela sentiu ao abrir a torneira, o nível da água subindo aos poucos, ela tirando a faca da bolsa como se alguém estivesse ali, Alexandre, a mãe de Valéria, e sem largar a faca ela diz vejam como sou capaz de continuar sem pedir ajuda.

Só me resta imaginar que o comportamento dela fosse típico e independente dos outros, e sendo eu ou Alexandre ou qualquer pessoa não faria diferença porque a história teria o mesmo desfecho. Dizem que isso nunca é surpreendente. Que o ato nunca é intempestivo. Quem o comete passa meses ocupado em disfarçar perante a família e os amigos, e no período simula de diversas formas o que quer que pareça ou não proposital. Isso se reflete na escolha do método, nas pistas deixadas, em qualquer palavra escrita nos dias e semanas anteriores caso não se deixe um bilhete propriamente dito.

O postal de Valéria é a única pista de como ela estava se sentindo em São Paulo. O resto eu só soube pelo que Unha me disse, num encontro como o que tive com Alexandre, só que desta vez a iniciativa não foi minha. Foi Unha que insistiu em me ver. Nós nos encontramos numa lanchonete da Fernandes Vieira, na semana posterior ao Hollywood Rock. Eu posso descrever a lanchonete: uma chapa de hambúrguer, o barulho do liquidificador fazendo suco, eu no banheiro lavando as mãos e pensando se queria ter mesmo aquela conversa. Se não era o caso de me secar, voltar para o salão, passar sem olhar pela mesa onde Unha me esperava como se aquele fosse um encontro igual a qualquer outro, a última chance de fazer o quê? Dar um quarto soco nele? Perguntar se ele já provou o milk-shake de creme que é muito bom neste lugar?

76.

Unha contou sobre a rodoviária de São Paulo, a ida ao correio na sexta de manhã, ele e Valéria numa praça próxima ao Morumbi no sábado esperando que o fluxo baixasse depois do show. Enquanto ele falava eu reparei com mais atenção: o jeito como virou o prato de cabeça para cima, como ajeitou os talheres, a roupa que ele escolheu, uma calça jeans e um tênis que talvez fossem os mesmos usados no show do Nirvana. Eu conferi se o tênis estava sujo de barro, se guardava algum resquício da noite que por algum motivo ele se sentia na obrigação de me relatar: um segundo depois de eu voltar do banheiro ele já falava das árvores da praça, da iluminação, de como o entorno do Morumbi era uma armadilha de onde não se consegue sair em menos de quarenta minutos, as ruas estreitas e os carros e a multidão nas calçadas enquanto a garçonete entregou o cardápio e ficou à espera de que ele fechasse a boca e fizesse o pedido de uma vez.

O que Unha bebeu: um café. O que comeu: uma empada. Depois, mais uma empada. Eu tomei o milk-shake de creme em silêncio, sem olhar para o copo. Eu não pedi nenhuma explicação complementar para Unha. Eu não perguntei por que ele estava me falando aquilo tudo. Eu não olhei para ele e, com a voz calma, depois de uma pausa para deixar bem claro quem estava em posição de julgar quem, eu e Unha desde a dança com Sandra até aquele encontro, quase uma década que chegava ao fim naquela mesa cheia de farelos, a última vez que o vi mastigando e limpando a boca como se eu não percebesse quem ele era e o que ele merecia, eu não olhei para ele e disse o que deveria ter dito. Ele parecia querer que eu dissesse. Acho que foi por isso que me chamou ali. Só que não importava mais: quando a garçonete trouxe a conta já estávamos em silêncio por algum tempo, Unha de barba feita, a televisão ligada num filme da Sessão da Tarde, uma cena com alguém viajando de trem durante uma tempestade de neve, e qual a importância do cenário e de quanto durou o intervalo entre esperar o troco e eu levantar e Unha fazer o mesmo, os dois na rua e eu devo ter dito tchau e ele disse tchau e cada um foi para um lado sabendo que nunca mais nos veríamos?

77.

A primeira vez que Valéria cheirou lança-perfume foi no sofá de uma amiga. A sensação de um lenço de gelo dá lugar a uma sirene e um formigamento de gás doce, que faz você sentir os músculos num alongamento eufórico. Ela sempre soube que neste momento o coração bate, a pressão sobe e por um instante você não sabe se o corpo está preparado para aguentar a carga. Toda vez que você volta a cheirar é como se aceitasse a dúvida, pusesse nas mãos do destino ou de sua genética a resposta, e lembro de pelo menos duas vezes em que conversei com Valéria e ela disse que a única droga que não podia usar era essa. É a única que me deixa assustada, ela disse. Que me faz sentir como se estivesse perdendo o controle. Como se eu estivesse prestes a morrer.

Valéria teve uma parada cardíaca menos de uma hora depois do show do Nirvana, na praça próxima ao Morumbi, pouco mais de vinte e quatro horas após eu ter preferido pagar Diogo a pegar o avião. De eu ter prometido a Diogo que arrumaria o dinheiro na semana seguinte. De ter decidido devolver a passagem, vender o ingresso por meio de outro amigo que iria a São

Paulo, poupar o que havia reservado para as despesas da viagem, tudo em troca de não ir para a cadeia e perder a minha primeira namorada.

A sexta-feira no quartel foi de sol, e eu fiz instrução de desmontagem de fuzil enquanto a oitocentos e cinquenta quilômetros de distância a minha primeira namorada entrava no correio. Eu abri a caixa da culatra enquanto ela grudava o selo no cartão-postal. Retirei o obturador enquanto ela pagava no caixa, aí separei o êmbolo, a mola, o ratinho, e até hoje não sei se os versos no postal eram apenas citações ingênuas de uma música ingênua do Nirvana ou um recado. Eu não sei se era o tom do início do namoro ou dos últimos tempos, a ironia que soava inocente quando eu não conhecia Valéria direito ou o registro perturbado de agora. Eu não sei se Valéria sabia que Unha teria um frasco de lança-perfume no dia do show, se ela contou a ele que algo poderia acontecer quando ela cheirasse uma vez, duas vezes, quinze vezes, quantas fossem necessárias naquela praça, como uma loteria até que o frasco esvaziasse e nesse intervalo Unha poderia aproveitar para fazer o quê, dar um beijo em Valéria? Ele já não tinha feito isso, afinal?

Eu não sei onde Unha arrumou o lança-perfume, se foi ideia dele ou dela, se foi ele ou ela que primeiro aceitou quando alguém ofereceu. É curioso pensar que com todas as drogas disponíveis em 1993 alguém arrumaria algo tão obsoleto, uma lembrança dos Carnavais dos anos 1950 que era tão difícil de conseguir em alguma viagem para o Uruguai, uma ida ao cassino e um corte de gordura pingando e duzentos quilômetros numa estrada reta e verde onde se compra queijo e doce de leite e os guardas da fronteira caso eles revistem o carro, um tempo infinito para pesar se valia a pena arriscar a vida só para ter o rosto de Valéria junto do seu, a boca de Valéria, os dois debaixo da árvore de uma praça onde eu não estava e nunca estarei, o plano perfeito de Unha enquanto eu dormia em Porto Alegre satisfeito porque tinha trocado a chance de evitar aquele desfecho pelo que eu achava que seriam trinta dias de liberdade.

78.

Um bebê diz para outro:
que sorte ter encontrado você
Eu não me importo com o que você pensa
a não ser que seja sobre mim
Com olhos dilatados eu
me tornei seu pupilo
Você me ensinou tudo ao me dar
a maçã envenenada

79.

Não sei onde Valéria aprendeu inglês. Imagino que tenha sido nesses cursos onde você passa anos falando com o professor e é incapaz de entender duas frases de um filme sem legenda. Não sei quanto tempo num curso desses é necessário para que se aprenda que *without* significa *sem*, que na tradução da música o correto seria algo como *você me ensinou tudo sem precisar/ da maçã envenenada*.

Não sei se Valéria entendeu a referência bíblica como que negada por Kurt Cobain, a ideia de que para chegar ao conhecimento é necessário pagar algum tipo de preço, o romantismo mais banal se trocarmos *conhecimento* por *sublime* e *preço* por *sofrimento*, e no entanto eu não sei também se a confusão não foi de propósito, se ela saiu de Porto Alegre decidida a escrever o postal com a letra errada mesmo, com aquele objetivo mesmo, o correio comum que ela rejeitou, a carta registrada que ela não quis utilizar, o Sedex que ela nem considerou porque havia um serviço de entrega com data marcada e em vez dos três dias úteis que me fariam ler na quarta ou quinta seguintes ao show ela agendou para dois meses depois, no dia do meu aniversário, como se fosse um buquê de flores tardio ou um perfume ou uma caixa de bombons que apareceria debaixo da porta.

80.

Por volta de oito da noite do meu aniversário, dois meses depois da morte de Valéria, cheguei em casa e não havia ninguém. Meu pai estava trabalhando, minha mãe havia saído, a empregada ia embora às quatro da tarde e eu só deixava o quartel às seis e meia e pegava um ônibus até o Centro e outro até o meu bairro. Eu tirei o quepe, a gravata de passeio, a farda operacional de dentro da mochila, passei as calças e engraxei o coturno para não precisar fazer isso no dia seguinte, pendurei as peças em dois cabides e o cabide em duas maçanetas, e só então olhei para o chão da cozinha e percebi que havia algo debaixo da porta. A minha *caixa de bombons*. Então reconheci a letra no cartão-postal, e por um instante não entendi se era um trote ou correspondência antiga que por erro estava sendo entregue tanto tempo depois.

Durante os onze meses que passei com Valéria, eu nunca imaginei algo como a história de Alexandre, do banheiro e da ambulância. Dizem que essas coisas acontecem em ciclos, que a pessoa pode ficar anos vivendo de maneira funcional. Talvez eu tenha conhecido Valéria num período assim, o intervalo em que ela viveu normalmente sabendo que a qualquer momento e por qualquer motivo o equilíbrio poderia vir abaixo, e que de alguma forma ela estava até esperando por isso, o pretexto que ela antecipou na sexta anterior ao show, eu e Unha e Kurt Cobain como coadjuvantes do drama que sempre foi apenas dela, uma garota de Porto Alegre, 1993, que conheci por acaso num bar da Independência, e por acaso se tornou minha primeira namorada, e é tão fácil pensar que os elos foram construídos sem interferência de ninguém, e eu não tinha como adivinhar no que daria uma história nem tão incomum, um erro que pode acontecer, o azar que uma vez ou outra todo mundo acaba tendo, se ver diante da neurose, da loucura, do egoísmo de alguém que deixa para os outros uma conta que nunca terminará de ser paga.

81.

Courtney Love perdoou Kurt Cobain? Frances Bean alguma vez pensou que o pai fez o que fez porque era inevitável? Eu imagino Valéria na agência de correio, esperando que outras pessoas acabem de despachar seus pacotes e documentos, perguntando à funcionária sobre a entrega domiciliar com data certa. Não sei se a entrega foi acertada no caixa ou num balcão especial para esse tipo de serviço, então ela preenche uma ficha, paga uma taxa, recolhe o troco. Não sei se a cada ato tão meticuloso

Valéria se perguntou se eu merecia passar por aquilo, se o que eu havia feito era tão terrível assim, um estudante de dezoito anos que não queria dar o braço a torcer numa discussão, que não sabia como lidar com a primeira namorada, e era orgulhoso demais para admitir que tinha ciúmes do melhor amigo, e aproveitou a desculpa do quartel e de Diogo e da maconha para antecipar uma decisão que talvez tomasse de qualquer jeito.

82.

Eu fico imaginando o que Immaculée Ilibagiza acha de alguém como Kurt Cobain. Depois de conversarmos em São Paulo eu cheguei a pensar nisto, uma entrevista em que ela comentasse cada frase do bilhete de despedida dele. *Existe o bom em todos nós e acho que simplesmente amo demais as pessoas*: a senhora se solidariza com o drama do autor desta frase? *Às vezes sinto como se devesse bater o cartão de ponto ao subir no palco*: a senhora concorda que se trata de um fardo excessivo para o autor? *O pior crime que posso imaginar seria enganar as pessoas, sendo falso e fingindo que estou me divertindo cem por cento*: o que a senhora acha de o autor ter escrito este trecho um dia antes de a guerra começar em Ruanda?

83.

Eu fico imaginando se Valéria teria como maior ídolo alguém como Immaculée. Se também é um acaso que ela tenha se deparado com uma fita mal gravada do Nirvana ou aconteceria de qualquer jeito, e se não fosse Kurt Cobain seria outro desses artistas sensíveis, essas almas turbulentas, e há sempre um preço a pagar para quem encontra a beleza enfrentando seus demônios internos, e qualquer disco gravado em trinta dias soa como epopeia de compreensão do universo hostil porque o artista descreve o parto de criar aquelas melodias e letras, a postura e o destino tão comuns na história da música pop porque alguém sempre estará pronto para se ver em sintonia com aquele martírio. Eu fico imaginando uma entrevista com Valéria em que ela comenta linha por linha do livro de Immaculée. *Eu era a prova viva que tem o pensamento positivo*: essa frase soa ingênua para você, Valéria? *Fui poupada para poder mostrar ao maior número de pessoas a Sua misericórdia*: você considera cafona essa passagem, Valéria? *O amor de um único coração pode fazer muita diferença*: adianta esta mulher ter passado por uma experiência tão radical, Valéria, se ao término tudo o que ela faz é dar uma lição aguada de breguice numa palestra dirigida a freiras e carolas?

84.

O suicídio é um problema médico, religioso, filosófico, moral, jurídico. Há estatísticas sobre a relação com doenças, desagregação social, abuso de drogas e influência de outros suicídios numa reação em cadeia, daí a corrente que defende a não divulgação de casos na imprensa e o cuidado que se deve ter com o entorno do suicida porque não é incomum um familiar se inspirar no exemplo do morto.

O suicídio é uma traição aos outros e a si mesmo, ao que você poderia se tornar no futuro, uma pessoa diferente que nunca poderá existir porque a linha foi interrompida antes que os erros sejam corrigidos. Se a entrevistadora fosse Valéria e o entrevistado fosse eu, o diálogo estaria limitado aos termos de 1993. Ela não poderia me fazer perguntas com conhecimento além do que tinha na época. Valéria perguntaria: *você realmente acredita nessa história de glamour da doença? Você já perguntou para a mãe de um esquizofrênico se ela preferia que o filho tivesse um problema de vesícula?*

85.

Você já perguntou para alguém numa cadeira de rodas se a vida acabou mesmo? Já olhou para alguém cego, com queimaduras graves? Alguém que sobreviveu a oito sessões de quimioterapia aos doze anos de idade? Tanta gente que acorda e descobre antes do almoço que não tem mais três meses de vida. Você reparou se a pessoa tem família e amigos? Se até o último instante pode querer fazer algo diverso de pensar no que você acha que ela pensa? Que autoridade você tem para especular sobre essas pessoas? Você estava na pele delas? Conversou com alguém que fosse próximo a elas? Sabia algo além do que leu nos jornais que gosta tanto de criticar, escrito pelos jornalistas que estão tão abaixo de você? Ou por uma conversa de quinze minutos com um gravador ligado? Como você julga o que uma esposa sente pelo marido? Ou uma filha sente pelo pai? Ou um viciado sente sobre si mesmo? Ou uma mulher que perdeu tudo sente sobre qualquer coisa?

86.

A voz de Valéria sempre terá esse tom na minha memória, o que era possível saber antes do show do Nirvana, dizer ou deixar de dizer. Se eu enfileirasse as perguntas dela daria uma lista de vinte, noventa, quinhentas maneiras de exigir que alguém de dezoito anos garanta à sua primeira namorada conhecida onze meses antes que nunca a deixaria.

Eu poderia argumentar que estava lidando com duas chantagens: eu saí da reunião das onze horas na sexta-feira, procurei Diogo na sala de aula, no alojamento, na pista de atletismo, e resolvi o assunto do dinheiro porque era como ceder ao menor de dois males. Ao menos no caso dele eu teria alguma vantagem prática, ao contrário do que aconteceria se pagasse o preço exigido por Valéria indo para São Paulo. É tão fácil confundir o cansaço de onze meses de namoro com o que senti ao cruzar o portão do quartel naquela sexta. É tão fácil pensar que foi um alívio. Que eu já tinha vivido os altos e baixos de Valéria o suficiente. Que era hora de acabar com aquilo, e quantas vezes eu havia fantasiado justamente essa chance, me ver livre da neurose, a paz de dar as costas para Valéria, uma decisão tomada em dez segundos e um problema que subitamente desaparece e você se dá conta de que tem o resto da vida pela frente.

É tão fácil botar a escolha numa ordem quase física, como quando alguém se atira sobre uma criança que ia ser atacada por um cachorro, ou se põe na frente de um assaltante e toma um tiro no lugar de um amigo, ou faz o contrário disso e se diz que foi mais instinto do que moral, mais inércia do que vontade, uma resposta às circunstâncias que são vividas diferentemente por cada um. Ninguém que não passou pelo período básico no CPOR está apto a julgar, então a conversa com Diogo passa a ser menos comprometedora do que parece e eu faço o que qualquer um faria no meu lugar. Eu encontro Diogo na porta do alojamento, os dois de pé ao sol, trinta e três graus ao meio-dia e cinco minutos de sexta-feira, a expressão que ele tinha ao aceitar minha oferta de parcelar o pagamento em quatro vezes ao longo de cento e vinte dias, durante os quais eu conseguiria o reembolso da passagem e do ingresso do Nirvana, separaria uma porcentagem dos soldos futuros, daria um jeito de arrumar o restante, e ele podia confiar em mim porque nunca descumpri uma promessa ou deixei alguém na mão.

87.

E as coisas poderiam terminar ali, Valéria apenas como a primeira namorada que eu perdi de vista. Eu falaria dela no tom resignado de quem comenta uma lista iniciada aos dezoito anos, uma médica quando voltei da Inglaterra, uma estudante de arquitetura um pouco mais adiante, todas as pessoas que conheci e cada uma delas teria me ensinado algo. Eu poderia seguir explicando que no final de cada relacionamento se fica triste e se pensa que não há mais forças, mas chega o ponto em que é preciso olhar para a frente. Aí se cumprem as etapas do renascimento, que no meu caso seria sempre espelhado pela saída do quartel naquela sexta, eu aliviado por não ter de pensar mais em Valéria porque as consequências seriam vividas numa cidade a oitocentos e cinquenta quilômetros de distância. Com sorte ela não me procuraria ao voltar de São Paulo, e eu não teria de me justificar naquelas conversas sem fim, uma análise que eu não estava mais disposto a fazer depois dos socos em Unha, uma nova fase sem brigas e recaídas e responsabilidade de cuidar de alguém num estado contínuo de histeria. Então veio o resto da tarde, o sábado, a manhã de domingo, as horas em que eu ainda tinha esperança de me tornar essa pessoa que não poderia mais ser depois que o telefone tocou e atendi e reconheci a voz de Unha e ele tinha uma notícia para me dar.

88.

Você adora pensar que saiu desta história como outra pessoa. O sobrevivente que aprendeu uma lição. E ficou marcado pelo tanto que esta vida dura apronta com a gente, não é mesmo? Você quer que alguém se impressione com uns meses no quartel, é isso? Uns meses acordando cedo. Passar o uniforme, veja só. Fazer a barba. Uns meses brincando de ter uma banda. A única pessoa no mundo que teve um acidente de carro. Dois meses de cama, e depois o sultão no exílio. Você sabe o nome das ruas de Londres, é isso? Foi aos museus e parques? Usou o metrô e acordou cedo para trabalhar, veja que aventura. E depois voltou para a casa da mamãe. E terminou a faculdade. E foi ser jornalista em São Paulo. E pelo resto da vida achou que tinha tido, como se diz, uma juventude e tanto.

Você já viu tudo aos quarenta anos. O desencantado. O sábio que dispensa a piedade das outras pessoas mas não deixa de aproveitar essa piedade que aparece em tantas formas de recompensa. Que sujeito interessante ele é. O mistério é sempre charmoso. Quantos anos ele não viverá pendurado num enredo que diz respeito a alguém que já não está aqui. Alguém que nunca poderá se defender. O estereótipo da mulher imprevisível e indecifrável. A louca que arruinou o passado do pobre homem de meia-idade em crise. O que importa é isso, não é mesmo? Se você sofreu ou não. O que você acha da história. Quando em nenhum ponto da história você diz o que sentia na hora em que decidiu. O que sentiu de verdade naqueles onze meses. Você que teve uma vida tão cheia de aventuras, e alguma vez teve a experiência mais importante? Alguma vez você se envolveu de verdade com alguma coisa? Você já gostou de alguém de verdade? Já fez algum sacrifício por outra pessoa? Abriu mão de alguma coisa valiosa? Deu alguma prova? Aceitou perder uma única vez? Digo perder de verdade, sem a recompensa de ser vítima. Só você e a sua derrota. Você e o fim. Só o fim. Mais nada e ninguém, apenas o fim.

89.

O corpo de Valéria chegou de avião, na terça-feira. Um luto é vivido de muitas formas, e para mim começou no CPOR: o mundo não parou por minha causa, o poder do quartel de transformar tudo em repetição, a corneta, o hino, a bandeira, o desfile, o vestiário, o cartão de cabelo. Se eu não estivesse servindo em 1993, e precisasse estar em forma todas as manhãs, o corpo pronto para as tarefas que não permitem pensar no que foi ou poderia ter sido, e se prostrar numa cama por isso, impossibilitado de ir adiante pelo arrependimento que tira as forças para levantar uma colher que seja, seria possível que eu fizesse imediatamente o que se espera nesses casos, cair numa espiral de tristeza paralisante?

Eu terminei o período básico sem falar para ninguém do pelotão sobre Valéria. Eu fiz as provas e fiquei em septuagésimo primeiro lugar entre os duzentos alunos do CPOR, nota suficiente para uma vaga na Intendência e um resto de ano mais tranquilo, dedicado a instruções sobre armazenamento, transporte, controle orçamentário e administrativo, tudo sem usar o nome de Valéria como desculpa. Se alguém olhasse de fora, diria que era como se a morte dela não tivesse acontecido. E encher o expediente com o maior número de atividades era a forma de virar a página de tudo o que se ligava a esse episódio, Unha, a guitarra que nunca mais toquei, o enterro onde me recusei a ir.

Se alguém olhasse de fora só perceberia o automatismo de abrir os olhos, levantar da cama, vestir a farda, amarrar o coturno, botar uma jarra de água para ferver e fazer o café, abrir a geladeira para pegar manteiga e passar no pão antes de sair de casa todas as manhãs, cada gesto tão natural para quem tem dezoito anos e não está fisicamente doente, o corpo que precisa ser nutrido, limpo, cansado, hidratado e reconstituído a cada dia, o instinto de sobrevivência que faz qualquer pessoa ir adiante apesar de tudo, mas claro que tudo não se resume a ir adiante de acordo com esse instinto.

90.

Fui desligado do exército dois meses depois, por causa do acidente. Fui para a reserva como Terceira Categoria, mesma condição de quem ganhou dispensa no alistamento por excesso de contingente. Eu nunca mais vesti uniforme, nem voltei a estudar a Bíblia, nem frequentei nenhuma cerimônia ou grupo evangélico ou tive curiosidade de pesquisar o que o cristianismo, o judaísmo, o islamismo ou qualquer religião diz ou deixa de dizer sobre luto, livre-arbítrio, perdão.

91.

Fui a Londres algumas vezes desde 1994, e logo na primeira delas a lanchonete não existia mais. A pensão onde morei foi reformada. Eu nunca mais soube do meu chefe, do espanhol que dividia o quarto comigo, do agenciador de empregos e das pessoas com quem cruzei durante aquele ano, e a cidade mudou tanto por causa do boom econômico e das Olimpíadas e dos bairros restaurados e novos museus e prédios e pontos turísticos que hoje eu quase não reconheço nada.

92.

A vida de Immaculée Ilibagiza é inspiração para um filme que foi anunciado pelo produtor de *A Paixão de Cristo*. Não sei se ela se tornará uma celebridade de fato, uma superstar da sobrevivência para além do âmbito das palestras financiadas por entidades católicas, e se a estreia será antes ou depois dos vinte anos da morte de Kurt Cobain, em abril de 2014. Não tenho intenção de ver o filme, nem de ler as matérias sobre a efeméride, nem de saber o que foi feito de Courtney Love e Frances Bean, de Unha e de Felicien, de Alexandre e do amigo que vendeu o meu ingresso do Nirvana, nem de falar dos empregos que tive e das coisas que fiz e de nenhum dos personagens e fatos que como tudo o que veio depois também fazem parte desta história.

93.

Não quero voltar a falar dos dois meses entre a notícia dada por Unha e o meu aniversário. A morte de Valéria nunca deixará de ser um mistério, e o cartão-postal pode ter sido apenas uma ideia quando ela passava em frente à agência de correio. O tom irônico do início do namoro ou o tom que passados vinte anos soa premonitório? Um bilhete como o de Kurt Cobain ou a simulação de uma despedida próxima do melodrama, como ela já tinha feito tantas vezes em tom de piada: o que você vai dizer quando receber a notícia da minha morte? Você fará o discurso no meu enterro? Que roupa você vai vestir, que pessoas serão convidadas?

Eu nunca mais soube do pai de Valéria, nem dos amigos e conhecidos dela, e talvez eu seja o único hoje que lembre de certos detalhes, as perguntas que ela fazia só para mim e alteraram só para mim este enredo: o possível acaso que eu passaria a ver como explicação do desfecho que começa quando pago Diogo, e repito que o namoro não tinha mesmo futuro, e que eu deixaria Valéria de qualquer jeito porque ela era uma pessoa instável, uma fonte infinita de problemas que eu não precisava enfrentar tão cedo, e qualquer um no meu lugar aproveitaria a chance de não ir a São Paulo e terminar tudo de forma indolor.

É tão fácil se convencer de que foi assim que aconteceu. Que esqueci como era no resto do tempo: as lembranças que se guardam ou se deixa de guardar, as frases que escolho de Valéria, e cabe só a mim julgar o peso dos dez minutos finais dos dezoito anos de vida dela, se esses dez minutos foram premeditados ou só um acidente, se a loucura que eu enxergava nela existia mesmo na proporção que eu imaginava ou era apenas um defeito, como quando percebemos que nossos amigos não são tão honestos quanto poderiam, tão espertos, tão generosos.

Cabe só a mim julgar se Valéria foi a pessoa que veio ao mundo para me arruinar ou apenas uma garota de Porto Alegre, 1993, que compensou a insegurança usando o que tinha disponível, a única arma nas brigas que são fáceis de destacar como prova de que o desequilíbrio era apenas dela. E então eu esqueço dos dias sem brigas, o outro tom de voz, ela falando ao meu ouvido não pense que não percebo. Que eu não sei que você sente o mesmo por mim. Por baixo do seu orgulho. Admita ao menos uma vez, fale ao menos uma vez para mim.

94.

Em *Drain you*, um dos namorados diz ao outro que seu dever é secá-lo por inteiro, extrair a essência individual, anular o outro para que o outro se torne você e você se anule para se tornar também o outro, e quanta gente passa pela vida sem experimentar nada parecido. Quando falo em Valéria seria ridículo lembrar do que estava além dessa dúvida básica, porque é óbvio que tivemos também o que se chama de vida de casal, as conversas sobre chuva e sol e secador elétrico e conta do gás, uma manhã de domingo lendo o jornal na cama, as pilhas do controle remoto, o cheiro de comida na casa.

As lembranças de um namoro podem se resumir a pouca coisa, uma viagem, um passeio de bicicleta, a inscrição numa camiseta, os apelidos secretos e piadas internas feitas de termos que só fazem sentido para duas pessoas, um dicionário de sentimentos e o museu de um período da vida, mas nada disso importa diante do que Valéria significou. Não importa o prato preferido dela. Não importam os filmes que ela gostava de ver. Não importa o jeito como ela tossia, se espreguiçava, o movimento das pernas ao caminhar, o formato das unhas e o gosto da boca dela nas várias horas do dia, os sons, o cheiro, as manias, as reações previsíveis e imprevisíveis, porque é como se essa memória existisse para explicar não mais o passado dela, que foi enterrado no dia do show do Nirvana, e sim o futuro do lado que sobreviveu: quem eu sou de verdade, a pergunta que me faço desde 1993, as coisas que fiz e as pessoas que encontrei e as decisões tomadas numa existência previsível com uma única exceção.

95.

Como Valéria, eu gosto de carne vermelha, ovo frito, comida árabe. Meu filme preferido em 1993 era *Os bons companheiros*. Minha tosse é mais seca que a dela porque nunca fumei cigarro. Ela dormia tarde e acordava tarde, ao contrário de mim. As unhas dela eram retas na ponta, e lembro do gosto de cerveja fresca, ou de café, ou quando ela voltava para a cama e me beijava e eu sentia o doce da pasta de dentes e era um jeito bom de começar o dia. Ela usava perfume de baunilha, fazia voz de criança ao dizer que estava gripada, e sempre que eu ficava doente ou abatido ela fazia qualquer coisa para eu melhorar. Ela esquentava a sopa, se oferecia para ir à farmácia comprar remédio, inventava algo para me tirar de casa e houve semanas em que não discutimos uma única vez, e no aniversário anterior ao de 1993 ela gastou um dinheiro que não tinha para me dar uma camisa e um jantar e um aparelho de CD.

96.

Valéria foi três vezes à casa dos meus pais. A primeira, em que ela não chegou a entrar, foi o episódio dos gritos que acordaram a vizinhança. Na segunda eles haviam saído. Na terceira eu a apresentei de passagem, uma conversa que não durou mais que dois minutos, minha mãe oferecendo uma água ou um sorvete e Valéria dizendo obrigada. Nos onze meses que passamos juntos ela não conheceu nenhum dos meus colegas de faculdade. Nenhum dos alunos do CPOR. Eu contei apenas generalidades sobre o escritório de advocacia, a minha infância, a primeira banda que tive com Unha, e não lembro de nenhuma vez que tenhamos falado em morar juntos, e não consigo dizer se ela gostava de crianças e se planejava um futuro em que eu tivesse quarenta anos e jantássemos todas as noites com a TV ligada. Não sei se esses vinte anos a fariam me conhecer melhor. Não sei se eu mudaria muito caso ela estivesse viva. Valéria não me apresentou ao pai, nem mostrou fotos dele ou de qualquer parente, e eu não lembro em qual colégio ela estudou, nem do nome dos amigos a que fui apresentado, e há tanta coisa que eu não sei sobre ela e ela não sabia sobre mim, e apesar disso e no que importa ninguém é mais parecido um com o outro do que nós.

97·

Como eu, Valéria não acreditava em Deus. Pelo menos eu nunca ouvi ela dizer essa palavra. Eu nunca ouvi ela defender um partido, uma causa, uma ideia com convicção que fosse além de um argumento banal sobre a prefeitura asfaltar as ruas da periferia ou o assassino de uma atriz de novela merecer mais anos de cadeia. Não havia nada de incomum nesse dia a dia, a superfície neutra de quem também vai ao banco e anda de ônibus e aos dezoito anos pensa em prestar vestibular para comunicação, toda uma parte da vida dela que não era enfática, intensa, uma forma de extremismo que ela guardava apenas para certos diálogos e certas reações que tinha a certas atitudes minhas.

Valéria uma vez perguntou, quanto tempo depois do meu enterro você vai sentir saudades? Do que você vai sentir mais falta em mim, como você vai viver sem mim, e é tão fácil pensar que isso não estava lá desde sempre. E que ela gostou de falar comigo no bar da Independência porque eu tocava guitarra, ou porque ouvia as mesmas bandas, ou pela minha risada, ou algum aspecto físico que não posso imaginar qual é, e não porque alguém como ela fareja à distância a presença de alguém como eu. Alguém que vai responder uma a uma daquelas perguntas. E é capaz de ir até o fim para respondê-las. E então você provoca isso, e faz o diabo com a pessoa para que ela se revele, aquilo que é mais puro nela, a essência, a verdade.

A memória de um namoro pode ser uma música, um refrão, uma sequência banal de mi menor, lá, si menor e o ré inteiro de *Drain you*, e você não escolhe ter a vida inteira ligada a oito versos de um sujeito estúpido que deu um tiro na cabeça há mais de vinte anos. Você não escolhe estar ligado a alguém que fez algo estúpido há vinte anos, e nunca mais a identificação com qualquer pessoa será tão intensa, a estupidez que também é sua e a doença que também está em você, a consciência desse limite que não é limite porque pelo menos uma vez você foi capaz de ultrapassá-lo.

98.

De qual parte minha você mais vai sentir falta? Que parte sua faz com que eu goste de você? Não a pior parte, porque essa é fácil de julgar. Você tem a sua, eu tenho a minha, mas essa não é a única coisa que vejo em você e você em mim. Porque eu sei como você pensa. O que você espera de mim. Eu olho para você e é como me ver no espelho. Os mesmos traços. A mesma expressão ao se aproximar. Então você me olha de volta e o meu rosto agora é o seu, o nariz, a cor da pele, o pescoço e o resto do corpo e eu fecho os olhos e me concentro no que está por dentro desta anatomia, as células e o pulmão que respira e o coração que bate e como é frágil o corpo e a vida inteira ele funciona como um relógio até o instante em que a engrenagem trava pouco antes de você se machucar.

O que é gostar de alguém? Como saber se você gosta se isso não virar algo que você faz? Uma prova. Uma vez que seja. E o resto da vida você vai saber. Você passou a vida na ignorância, no limbo de solidão e tédio e agora não há como voltar atrás. É só pedir que eu mostro. Como se fosse um altar para você. Eu faço um pequeno corte no pulso, e você sente também? Eu arranco um pequeno pedaço de carne. Um dedo. O braço inteiro. As duas pernas, e você arranca as suas também? É tão fácil não pensar na dor, não é mesmo? Não pensar na ação. Ficar apenas com o que vem depois, se fundir de verdade em outra pessoa, e quando sentimos isso ao mesmo tempo é possível aumentar a carga, mais perto, mais forte, acima do que posso aguentar e você pode aguentar, e eu digo sim e os ossos e as veias e o ar que falta e você diz sim e o mundo não importa porque tudo se resume a isso nesta noite em que o tempo para e ninguém nunca vai nos separar.

99.

Em algum ponto dos noventa e um dias que passou no banheiro, Immaculée Ilibagiza percebeu que sua única chance seria uma intervenção da ONU. Os soldados que poderiam libertá-la falariam inglês, e ela precisava conhecer o mínimo da língua para explicar a eles e ao mundo quem era e o que havia acontecido. O pastor tinha um dicionário em casa, meia dúzia de livros vindos da Inglaterra, e ela o convenceu a ceder os livros porque também era uma forma de relatar aos libertadores como ele havia salvado sua vida apesar de ser hútu.

Immaculée estudou sozinha, de pé, em silêncio, com os cotovelos encostando nas costas das outras mulheres, intuindo por tentativa e erro o que eram substantivos, verbos, advérbios e adjetivos escondidos num código então estranho, e essa força de vontade também atribuída à Providência divina é uma das lições que costuma evocar. Eu ouvi lição por lição durante a palestra da PUC, sentado na segunda fila do auditório, e foi naquele momento que comecei a comparar a história dela com a de Kurt Cobain: se havia também o que tirar dos últimos momentos dele, a tradução que ele também teve de fazer no bilhete final, o código que explicava a razão de ele estar naquele lugar e naquele dia com aquela arma na mão.

O último cheiro que Kurt Cobain sentiu foi de heroína cozida. O último gosto foi o de cerveja misturada com tabaco. A última visão foi a do piso de linóleo escolhido porque era fácil de limpar. Ele deixou a identidade virada para cima de modo a ser reconhecido por quem o encontrasse. Estava amanhecendo, hora de pedir perdão e dizer adeus, e o que a tragédia dessa pessoa hoje resumida a algumas dezenas de fotografias e registros de shows e gravações de estúdio, assim como a tragédia desta mulher de Ruanda e tantas outras tragédias das quais esqueci ou nunca soube, me ensina sobre a tragédia que me interessa de fato e desde sempre?

Quando me faço as perguntas de Valéria, imitando para mim mesmo a forma como imagino que ela estaria falando, não é apenas a voz de vinte anos atrás que evoco. Não são apenas as dúvidas dela, e sim as respostas congeladas no tempo. As que fui capaz de dar na época. Eu evoco também minha voz, sabendo que estou falando como falei numa noite de 1993, para Valéria e para mim, o pacto celebrado sem o testemunho de mais ninguém. Hora de pedir perdão e de dizer adeus: é disso que não se volta atrás, o código que deixa de ser estranho quando você tem coragem de usá-lo, a palavra que você estava procurando, a primeira vez que você a usa e descobre que essa palavra é o que você sente e é.

100.

Você sabia que terminaria assim, não é mesmo? Eu passei dois meses fingindo que não sabia, como se esconder dos outros fosse o mesmo que esconder de mim, o meu estado desde que recebi a notícia, o que pensei desde o primeiro minuto, sessenta dias e é tão fácil abstrair as tarefas práticas, acordar na hora certa, ir aonde me pedem para ir, fazer o que me mandam porque esse pensamento está sempre ali, à disposição e acima de tudo, a oferta que você fez e não podia ser ignorada. Eu não ia decepcionar você. Eu não ia abandonar você. Eu nunca abandonei você, e isso continua verdade vinte anos depois.

101.

Era uma noite de outono, mas fazia frio. Às oito a chuva diminui em Porto Alegre, os faróis deixam um rastro vermelho quando se está cansado e com os olhos fixos no vazio, e você chega em casa e tira o quepe e a gravata e passa as calças e engraxa o coturno como se fosse a coisa mais urgente a fazer num aniversário.

Eu poderia seguir resumindo aquela noite como uma sucessão de tarefas, como se o efeito de achar o cartão-postal pudesse continuar sendo anulado pela rotina. Mas agora os atos tinham outra natureza: eu botei o cartão no bolso, chamei novamente o elevador, liguei o carro da minha mãe que eu costumava pegar emprestado, dirigi até um bar aonde ia com os colegas de pelotão às sextas-feiras. Eu estava sozinho, fiz um brinde a Valéria e a mim mesmo, dezoito anos completos quando o garçom trouxe a primeira das seis caipirinhas que tomei.

O acidente aconteceu por causa da bebida, a viagem a Londres por causa do acidente, a mudança de profissão por causa da viagem a Londres, a saída de Porto Alegre por causa da mudança de profissão, e as coisas que fiz e a pessoa que me tornei por causa disso tudo, e o que mais se pode destacar numa biografia iniciada com aqueles oito versos dentro do meu bolso? O momento em que tudo ficou tão claro: os dois meses entre o show do Nirvana e aquela noite, eu me iludindo de que não seria assim, sessenta dias nos quais fingi que Valéria não tinha direito a isso, o último pedido, a prova que ela sempre quis e agora estava ao meu alcance.

Eu paguei a conta do bar depois da sexta caipirinha, e era isso que eu tinha para oferecer a Valéria. Eu levantei e senti a tontura e a disposição, e era o que eu podia dizer naquele momento: veja, Valéria, como eu caminho por sua causa. Como eu esbarro na mesa ao lado. E cambaleio até o estacionamento. E giro a chave. E sigo até a Protásio Alves em sua homenagem, veja como o sinal está fechado, trinta segundos de espera e eu poderia voltar para casa e dormir e a vida continuaria igual porque em quatro décadas eu não teria me comprometido de verdade com nada.

Tanta coisa que explica uma vocação, um destino, uma personalidade, e às vezes é tão mais simples resumir tudo na dúvida naquele semáforo: se vi ou não o caminhão de bombeiros. Se calculei ou não que haveria a batida ao cruzar o sinal fechado. Se aconteceu ou foi como um sonho, um delírio na noite em que pela primeira vez eu pensei nestes termos, a primeira vez que usei esta palavra, uma fração de segundo e tudo a perder em nome da única pessoa que me levou a dizê-la. Tudo que aconteceu depois e nada se compara a isso. Tanta gente que conheci, e ninguém mais conseguiu arrancar isso de mim. E é então, como a prova que eu estava devendo de volta, finalmente você me fez chegar a este ponto, a marca que você deixou e nunca será removida, meu amor, é então que pergunto a você se devo acelerar o carro.

ESTA OBRA FOI COMPOSTA PELA SPRESS EM ELECTRA E IMPRESSA EM OFSETE
PELA RR DONNELLEY SOBRE PAPEL PÓLEN BOLD DA SUZANO PAPEL E CELULOSE
PARA A EDITORA SCHWARCZ EM AGOSTO DE 2013